www.tredition.de

AF198449

Mart Schreiber

Der falsche Held

Erzählungen aus Wien

www.tredition.de

© 2016 Mart Schreiber

Umschlagentwurf: Gerhard Bauderer
Verlag: tredition GmbH, Hamburg

ISBN
Paperback: 978-3-7345-2289-5
Hardcover: 978-3-7345-2428-8
e-Book: 978-3-7345-2429-5

Printed in Germany

Inhalt

Der falsche Held

„Spreche ich mit Sven Hansmann?"

Es war bereits nach zehn Uhr am Abend. Sven, der es sich zuhause auf dem Sofa gemütlich gemacht hatte, konnte mit der weiblichen Stimme am anderen Ende der Leitung absolut nichts anfangen.

„Ja, worum geht's?"

„Ihr Bruder liegt bei uns in der Notaufnahme. Seine Verletzungen sind bereits versorgt, aber er muss ein, zwei Tage bei uns bleiben."

„Wie ist das passiert? Wer spricht überhaupt?"

Sven glaubte an einen Scherz. Warum sollte sein Bruder im Spital sein? Er hatte vor knapp zwei Stunden ein Bild von einem Mountainbike, um das er ihren Vater vermutlich schon bald um zusätzliches Geld anschnorren würde, auf Facebook gepostet. Außerdem verbrachte er jede freie Minute mit seiner neuen Freundin.

„Schwester Monika, Notaufnahme, Allgemeines Krankenhaus. Es sieht so aus, als wäre ihr Bruder in einer Schlägerei verwickelt gewesen. Die Rettung hat ihn gebracht und er kann wegen der Gesichtsverletzungen kaum sprechen."

„Weiß man, wie das passiert ist?"

„Ich kann ihnen leider nichts Näheres dazu sagen. Aber sie können ihn noch kurz besuchen, wenn sie schnell sind. Er hat noch kein Zimmer und liegt daher einstweilen noch bei uns."

Sven zögerte. Warum hatte sein Bruder gerade ihn anrufen lassen? Warum nicht den Vater oder seine ach so tolle neue Freundin?

„Ja, ok. Ich brauche nur zwanzig Minuten."

Es war nur sehr wenig Verkehr, sodass er es in fünfzehn Minuten bis zum AKH schaffte. Er fuhr in die Garage und musste sich in der Eingangshalle erst orientieren, um zur Notaufnahme zu finden. Dort angekommen war er überrascht, wie viel Trubel zu dieser Uhrzeit herrschte. Alle Sitzgelegenheiten waren besetzt und die Schlange vor dem einzigen offenen Schalter versprach eine lange Wartezeit. Der Geräuschpegel erinnerte ihn an eine Bahnhofshalle zu Ferienbeginn. Er hörte ein Durcheinander an Stimmen in unterschiedlichsten Sprachen. Die Lausprecheransage konnte Sven nicht verstehen. Sie ging in dem lauten Stimmengewirr unter. Sollte er sich beim Schalter anstellen? Das würde mehr als zehn Minuten dauern, schätzte er. Ein dunkelhäutiger Mann, mit einer in einem Kopftuch versteckten Frau im Schlepptau, beschwerte sich bei der Dame am Schalter. Soweit Sven es verstehen konnte, fühlte er sich unfair behandelt, weil er noch nicht drangekommen war.

Eine zweiflügelige grüne Tür öffnete sich wie von Geisterhand und ein Bett mit einem Verletzten wurde herausgeschoben. Sven zögerte nicht lange und schlüpfte durch die Tür, die sich hinter ihm automatisch wieder schloss. Er fühlte sich, als wäre er in eine andere Welt getreten. Man hörte Schwestern, Pfleger und vermutlich auch Ärzte miteinander sprechen, aber alles in einem gedämpften Ton. Eine Schwester kam ihm entgegen und blickte Sven streng an.

„Was haben Sie hier zu suchen?"

„Mein Bruder sollte noch hier liegen. Erik Hansmann heißt er."

„Ach, Sie sind der Bruder. Wir haben miteinander telefoniert."

„Dann sind Sie Schwester Monika."

„Richtig. Übrigens sehen sie sich verdammt ähnlich. Sind sie vielleicht Zwillinge?"

Sven wunderte sich. Wie konnte sie das trotz Eriks angeblicher Gesichtsverletzungen erkennen?

„Nein, überhaupt nicht. Er ist um zwei Jahre jünger als ich."

„Na dann. Man könnte sie aber glatt miteinander verwechseln." Und sie fügte lachend hinzu: „Im Moment natürlich nicht, denn ihr Gesicht ist ja unversehrt."

„Wo liegt er denn?" Sven wollte keine Unterhaltung über Ähnlichkeiten. Die Zwillingsfrage hatte er schon zu oft beantworten müssen. Er hasste es, mit seinem Bruder verwechselt zu werden, diesem ewigen Studenten, der nichts Anderes als Sport und

Frauen im Kopf hatte.

„Gleich hier rechts." Sie zog einen Vorhang zurück, der ein Bett mit seinem Bruder darin freigab.

„Bitte leise sein. Offiziell ist es nicht erlaubt, dass Sie hier sind, noch dazu zu zweit. Aber wir sind ja keine Unmenschen." Sie lachte.

Erst jetzt bemerkte Sven die junge Frau, die leicht über das Bett gebeugt mit dem Rücken zu Sven stand. Sie drehte sich um, und Sven wollte pfeifen. Sie sah wirklich so umwerfend aus, wie Erik sie in seiner angeberischen Art beschrieben hatte.

„Du musst Valerie sein."

„Ja, stimmt. Und du bist Eriks großer Bruder. Freut mich, dass wir uns endlich kennenlernen."

„Mich auch. Mein Bruder hat schon gute Gründe gehabt, dich zu verstecken, so attraktiv wie du bist." Sven spürte, dass er den falschen Ton erwischt hatte. Zum Ausgleich grinste er Valerie übertrieben an.

„Ciao, Erik", flüsterte Valerie wieder zum Bett gebeugt und deutete einen Kuss an.

„Ich warte draußen", sprach sie zu Sven, der den Vorhang für sie zur Seite schob.

In diesem Moment der unmittelbaren Nähe zu Valerie war er sich sicher, sie schon einmal gesehen zu haben.

Sein Bruder räusperte sich. Sven dachte, der macht

sich schon wieder wichtig. Aber gut, er war im Moment die Hauptperson.

„Du machst Sachen. Wie geht es dir?"

Erik hob die Hand und wiegte sie hin und her. Das „So lala" konnte man fast nicht verstehen. Er öffnete nur den rechten Mundwinkel ein wenig, um zu sprechen. Sven konnte sich vorstellen, warum. Besonders die linke Gesichtshälfte von Erik war übersät mit Hämatomen und Abschürfungen. Unterhalb des linken Auges war die Haut großflächig dunkelrot bis blau verfärbt. Beide Augenbrauen waren abgeklebt und der Mundbereich war stark geschwollen.

„Du siehst ja erbärmlich aus. Wie ist das passiert?"

Der rechte Mundwinkel brachte ein „U-Bahn" hervor.

Das war das Stichwort. Sven wusste nun, wo er Valerie zum ersten Mal gesehen hatte. Diese plötzliche Erinnerung und Eriks Zustand verwirrten ihn komplett.

„Hast du Schmerzen?"

„Ziemlich starke sogar. Sie waren zu dritt."

Sven ahnte, was Erik damit meinte. Er hatte etwas Ähnliches schon erlebt. Schwester Monika zog den Vorhang zur Seite und bat Sven, jetzt zu gehen.

„Morgen können Sie ihn ab Mittag besuchen. Er wird wahrscheinlich noch heute Nacht auf die Unfallstation im neunzehnten Stock verlegt."

Sven winkte seinem Bruder. „Bis morgen. Halt die Ohren steif."

Beim Hinausgehen fragte er die Schwester noch, welche Verletzungen bei seinem Bruder diagnostiziert wurden.

„Ich darf ihnen das eigentlich nicht sagen. Soweit ich aber mitbekommen habe, hat er großes Glück gehabt. Das Jochbein dürfte nur geprellt sein. Das hat das erste Röntgen ergeben. Und ein Nasenbeinbruch ist auch keine gefährliche Sache. Der Rest sind Prellungen und Abschürfungen, diese allerdings am ganzen Körper."

„Danke, Schwester. Und auch Danke für den Anruf."

„Gerne. Jederzeit wieder wäre jetzt wohl nicht die passende Ansage." Beide lachten und Sven ging durch die sich öffnende grüne Tür in den Aufnahme- und Warteraum hinaus.

Valerie hatte sich gut sichtbar in einer Ecke gegenüber der grünen Tür postiert. Sven hätte sie aber auch gesehen, wenn sie mitten unter den anderen Wartenden gestanden wäre. Sie war eine der Frauen, die sich durch ihre besondere Ausstrahlung von normalen Menschen deutlich abhob. Ihr leicht gewelltes, kastanienbraunes Haar fiel natürlich über ihre Schultern. Es wirkte kräftig und glänzte matt. Wie schön musste es sein, darüber zu streichen. Das bronzefarbene Gesicht mit dem sinnlichen Schmollmund passte perfekt dazu. Ihre Figur war sehr schlank und trotzdem weiblich. Die engen Jeans ließen sportliche Beine erahnen. Sie wischte über ihr Smartphone, musste aber Sven aus den Augenwinkeln bemerkt haben, denn ihre großen, dunklen Augen richteten sich sofort auf ihn. Ein zartes Lächeln ließ ihr Gesicht noch makelloser erscheinen. Sie blickte Sven erwartungsvoll an, als würde sie auf ein Zeichen von ihm warten.

„Das klingt zum Glück alles nicht so schlimm."

„Was hat er denn genau? Ich war nur kurz drinnen und dann bist du schon gekommen."

„Du hättest gerne bleiben können. Na ja, ein geprelltes Jochbein und einen Nasenbeinbruch. Und dann noch Abschürfungen und Prellungen am Körper. Aber nichts ist gebrochen oder ernsthafter verletzt."

„Er scheint aber große Schmerzen zu haben. Und reden kann er auch kaum."

„Kein Wunder. Er kann den Mund kaum öffnen, und das Sprechen verstärkt die Schmerzen vermutlich noch."

Valerie blickte zu Boden. Als sie den Kopf wieder hob, kullerten Tränen ihre Wangen hinunter, untermalt vom sich auflösenden Augen Make-up. Sven reichte ihr ein Taschentuch. Da sie es nicht nahm, tupfte er ihre Wangen trocken und versuchte auch die schwarzen Schlieren zu entfernen. Sie ließ es ohne sich zu regen geschehen.

„Danke. Gehen wir jetzt besser."

„Magst du noch einen Drink mit mir nehmen?"

„Lieber nicht. Ich bin fix und fertig."

„Ok. Vielleicht beim nächsten Mal. Kann ich dich nach Hause bringen?"

„Bist du mit dem Auto da?"

„Ja. Wohin soll es gehen?"

Die Wohnung von Valerie lag nicht weit entfernt vom AKH, allerdings in der entgegengesetzten Richtung von Svens Loft.

Während der Fahrt sprachen sie nicht miteinander. Sven hätte gerne Valerie ausgefragt, er spürte jedoch eine ungewöhnliche Hemmung, die ihn an seine Jugend erinnerte. Valerie sah ihn nicht an, sie blickte starr geradeaus.

„Da vorne rechts kannst du mich aussteigen lassen."

Sven fuhr rechts ran und drehte sich zu Valerie.

„Ich werde das Gefühl nicht los, dich schon einmal gesehen zu haben."

Valerie zeigte ein verstörtes Gesicht und stammelte: „Wie kommst du darauf?"

„Ich bin mir ziemlich sicher, aber lassen wir es für heute. Reden wir beim nächsten Mal darüber."

Er wusste nicht, wie er nach Hause gekommen war.

Ein sich immer schneller drehendes Gedankenkarussell hatte jede bewusste Wahrnehmung unterdrückt. Er musste mehr oder weniger automatisch gefahren sein. Mit einem Glas Rotwein in der Hand lümmelte er nun auf der Couch und schaute auf das Fernsehbild, das er nicht beschreiben hätte können. Valerie musste ihn auch erkannt haben. Warum hatte sie sonst so irritiert reagiert.

Sven klappte sein MacBook auf und trank den Espresso mit einem Schluck aus. Es war noch dämmrig draußen, aber die Sonne würde ihre ersten Strahlen schon bald durch die beiden ostseitigen Fenster seines hellen Lofts werfen. Früh aufstehen war kein Problem für Sven. Er liebte die Morgenstunden, wenn selbst der Verkehr noch schlief. Auch das Radio blieb still, denn Sven wollte diese Ruhe genießen. Es war die beste Zeit zum Arbeiten. Heute war er etwas unter Druck, denn der Slogan für den neuen, angeblich fast lautlosen Staubsauger-Roboter, war noch nicht geschrieben.

Sven sah das Briefing von der Agentur und Produktbeschreibungen durch. Er tippte Schlagwörter, die ihm in den Sinn kamen, in sein Notebook: Schlafen, Klavierkonzert, so leise wie ein Engel, Sauberkeit im Schlaf. Er war damit nicht zufrieden. Um Zehn sollte er seine Vorschläge bei der Agentur präsentieren. Er holte sich einen weiteren Espresso und ging zum Fenster. Anstatt eines Slogans für den Staubsauger fiel ihm Valerie ein. Sein Bruder hatte erzählt, dass er sie in einem Kaffeehaus kennengelernt hatte. Sie hatte ihn um sein Handy für einen kurzen Anruf gebeten, da sie ihres zu Hause vergessen hatte. War so ein Zufall möglich? ‚Unser Flüstersauger wünscht ihnen eine Gute Nacht.' Naja, etwas sperrig klang das schon noch, aber es war bis jetzt der beste Einfall.

Warum war er geflüchtet, als er Valerie in der U-Bahn begegnet war und die Aufregung sich wieder gelegt hatte? Der etwas peinliche Grund dafür fiel ihm sofort wieder ein. ‚Unser Flüstersauger lässt sie träumen.' Schon besser.

Die Präsentation in der Agentur war – wie von Sven befürchtet – kein durchschlagender Erfolg gewesen. Man hatte ihm für neue Ideen Zeit bis zum Ende der Woche eingeräumt. Aus einem Pflichtgefühl heraus rief Sven seinen Bruder an. Eriks Stimme war heute ganz gut zu verstehen.

„Ich rufe dich später zurück, Valerie ist bei mir."

Sven wollte noch fragen, wie es ihm ginge, aber Erik hatte schon wieder aufgelegt.

‚So ist mein Bruder. Kaum geht es ihm etwas besser, behandelt er mich schon wieder wie ein lästiges Anhängsel."

Sven erinnerte sich nur zu gut an die gemeinsame Jugend, als ihn sein Bruder mit abwertenden Worten wie Weichei, Stubenhocker und Lahmarsch bedachte. Sven hatte sich mit zwölf Jahren vom Indianer spielenden Kind zu einem Jugendlichen, der klassische Musik hörte, Bücher verschlang und von einer Karriere als Schriftsteller träumte, gewandelt. Sein Bruder war stärker, vor allem aber brutaler als er. Wenn es ab und an zu einem Streit kam, wurde Erik schnell handgreiflich. Bewegung und Sport waren seine einzigen Leidenschaften, mit dreizehn kamen die Mädchen dazu.

‚Ich muss mit Valerie reden. Sie hat mich gestern auch erkannt. Da bin ich mir sicher.'

Er nahm, ohne lange zu überlegen, die U-Bahn zum AKH. An der Information erfragte er die Station und die Zimmernummer von Erik. Wie von Schwester Monika angekündigt, war dieser auf die Unfallstation verlegt worden. Sven fuhr mit dem Lift in das neunzehnte Stockwerk des grünen Bettenhauses. Dort setzte er sich mit den Aufzügen im Blickfeld auf einen der früher einmal weißen Plastikstühle. So konnte er Valerie nicht übersehen, wenn sie ging. Er wollte Erik und Valerie nicht gemeinsam antreffen. Zuvor musste er Antwort auf die Fragen bekommen, die er nicht mehr aus dem Kopf brachte.

Schwester, Ärzte und Besucher stiegen aus den jeweils mit einem Glockensignal angekündigten Lift oder warteten auf einen Aufzug, der sie wieder nach unten bringen sollte. Die Wartezeit auf einen Lift war beträchtlich, obwohl es fünf Aufzüge gab. In seinem Rücken wurden aus dafür reservierten Aufzügen

Betten mit und ohne Patienten vorbeigeschoben. Niemand schien es eilig zu haben. All diese Bewegungen wirkten auf ihn wie ein langsam fließender Fluss. Diese geruhsame Fortbewegung ohne Hast und Eile ließ Sven wieder an den Flüstersauger denken. Auch dieser war gemächlich unterwegs und strömte nicht nur wegen seines fast unhörbaren Summens Ruhe aus. ‚Unser Flüstersauger lässt Sie meditieren.' Auch nicht besser als die präsentierten Vorschläge.

Fast hätte er Valerie übersehen und auch überhört. Sie trug rosa Sportschuhe, die kein Geräusch verursachten. Ihre fast unhörbaren und doch dynamischen Schritte ließ ihr langes, braunes Haar wie sanfte Wellen vor einem flachen Südseestrand auf- und abwiegen.

„Sven, das trifft sich gut. Dein Bruder wird sich freuen."

Sven war aufgestanden und ging ihr entgegen.

„Wie geht es ihm?"

„Schon viel besser. Möglicherweise darf er schon morgen nach Hause. Er bekommt Schmerzinfusionen, Antibiotika und das Jochbein wird noch einmal geröntgt."

„Schön. Das klingt ja gut. Eigentlich habe ich auf dich gewartet. Hast du jetzt Zeit zum Plaudern?"

Valerie machte einen leicht verzweifelten Eindruck.

„Bitte, es ist mir wichtig."

„OK, aber nur eine Stunde. Dann muss ich auf die Uni."

„Eine Stunde ist schon mal ein guter Beginn. Im Erdgeschoss gibt es einen Starbucks. Passt das für dich?"

„Erinnerst du dich jetzt an mich?"

Er hatte an der Theke für sie einen Matcha Tee und für sich einen doppelten Espresso geholt. Sie saßen beide beengt in einer Ecke des gut besuchten Lokals.

„Ich glaube nicht. Es stimmt schon, du siehst Erik sehr ähnlich. Er ist aber etwas kleiner als du und wirkt sportlicher. Ich würde euch nicht verwechseln."

„Ich war der in der U-Bahn, damals."

Valerie lehnte sich zurück und sah ihn missmutig an. Sven versuchte, sie anzulächeln, aber mehr als ein leichtes Anheben der Mundwinkel schaffte er nicht.

„Wie hast du meinen Bruder kennengelernt?"

„Auf der Straße. Ich habe ihm nachgerufen."

„Und warum?"

„Er hat mich damals gerettet. Warum drängst du dich da rein?"

„Ich dränge mich nicht rein. Was hat mein Bruder gesagt?"

„Er war erstaunt, mich wieder zu sehen. Aber er erkannte mich und konnte sich an Details von damals erinnern."

„Kein Wunder, ich habe ihm davon erzählt."

„Sven, bitte. Mach keine Scherze. Mir ist das zu ernst."

„Mir auch. Ich verstehe meinen Bruder nicht. Warum hat er nicht gesagt, dass er die Geschichte von mir kannte. Übrigens hat er mir eine andere Version eures Kennenlernens aufgetischt."

Valerie antwortete nicht. Sie hatte nasse Augen und sah so traurig drein, dass Sven sie am liebsten in die Arme genommen und getröstet hätte.

„Valerie, ich verstehe dich. Es muss ein Schock für dich sein. Wie konnte dich Erik nur so hintergehen. Er hat die Situation ausgenutzt."

„Erik hat mich nicht hintergangen. Was willst du eigentlich von mir?"

„Lass mich die Ereignisse von damals erzählen. Du wirst dann merken, dass ich es war und nicht Erik. Er kennt nicht alle Details."

Sven versuchte Zustimmung in Valeries Gesicht zu erkennen. Sie senkte aber den Kopf und verschränkte die Arme.

„Es war am Tag des Ländermatchs gegen Ungarn. Hm, das wirst du vielleicht gar nicht wissen. Es war auf alle Fälle ein Sonntag vor etwa zwei Monaten, also noch im März, glaube ich."

Valerie hatte ihre Position nicht geändert. Sie saß da wie ein trotziges Kind.

„Auf alle Fälle bin ich beim Volkstheater in die U2 eingestiegen und habe dich schräg gegenüber von mir im Eingangsbereich stehen gesehen. Du hast in dein Smartphone geschaut, aber dann doch den Kopf gehoben. Vermutlich hast du meine Blicke instinktiv bemerkt. Du kennst das doch. Man muss es nicht sehen, man fühlt es, wenn man intensiv angeschaut wird."

„Was habe ich angehabt?"

„Hellblaue Sportschuhe, so ähnlich wie diese, nur eben hellblau. Ein dunkelblaues, recht kurzes Kleid, darüber eine enge schwarze Lederjacke, die in der Taille geendet hat."

„Welche Farbe hat meine Strumpfhose gehabt?"

„Schwarz. Es war aber keine Strumpfhose, sondern halterlose Strümpfe. Die waren gut zu sehen, als einer der Schweine deinen Rock hochgestreift hatte."

„Du hast aber genau hingesehen." Sie schaute wieder hoch.

„Ich erzähle nur jedes Detail, an das ich mich erinnern kann, damit du mir glaubst. Schon bei der nächsten Station sind vier oder fünf Hooligans eingestiegen. Es waren fünf. Da bin ich mir jetzt wieder sicher. Alle hatten Bierdosen in der Hand. Sie müssen schon besoffen gewesen sein, denn sie schwankten ziemlich und hielten sich aneinander fest. Außerdem strömten sie eine furchtbare Fahne aus. Sie grölten und versuchten, einen Schlachtruf, wie er beim Fußball üblich ist, anzustimmen. Sie schafften es aber nicht, gleichzeitig zu beginnen. Erst nachdem der Zug wieder angefahren war, haben sie dich bemerkt und dich gleich umringt. ‚Was hama denn da für eine geile Braut‘, hat einer zu dir gesagt. ‚Magst an Schluck‘, ein anderer. Du hast den Kopf geschüttelt und etwas gemurmelt. Das habe ich nicht verstanden.“

„Verzieht euch, habe ich leider gesagt. Das war ein großer Fehler.“

„Stimmt. Denn gleich darauf hat dir einer sein Bier über den Kopf gegossen, und ein anderer hat dein Kleid angehoben. Du hast versucht, sie abzuwehren, aber sie haben deine Arme festgehalten.“

„Es war schrecklich. Ich hatte Todesangst.“

„Kann ich mir vorstellen. Ich hatte auch große Angst um dich. Auf alle Fälle habe ich mich dann eingemischt. ‚Lasst sie doch‘, habe ich in einem betont neutralen Tonfall gesagt. Ich wollte sie ja nicht noch mehr reizen. Zwei von denen haben sich sofort zu mir gewendet. ‚Schau, a Held.‘ Einer stieß mich an. Da ging die Tür auf. Aber weder du noch ich konnten raus. Wir waren beide umringt. Menschen, die einsteigen wollten, gingen schnell zur nächsten Tür. Niemand half uns, alle haben weggesehen. Sie begannen mich zu schlagen und weiter zu beschimpfen.

‚Na, du Schwuchtel. Hast kan Respekt.' Auch die restlichen Hooligans gingen nun auf mich los. Ich konnte es nicht sehen, aber diese Gelegenheit musst du genutzt haben, um ins Wageninnere zu fliehen.

„Ich war dir so dankbar."

„Später habe ich dich bei zwei Frauen sitzen gesehen, die dich getröstet haben. Bei der nächsten Station sind die Hooligans raus. Keine Ahnung warum. Es war wie ein Filmschnitt. Ich habe gewartet und bin kurz vor dem Schließen der Türen ebenfalls ausgestiegen, denn ich war am Ziel, und die Schweine waren zum Glück wie vom Erdboden verschluckt."

„Warum bist du nicht zu mir gekommen? Ich wollte mich bedanken."

„Daran hatte ich gar nicht gedacht. Im Nachhinein betrachtet, verstehe ich das heute auch nicht mehr. Allerdings, hm, ich weiß nicht, ob ich das sagen soll."

Valerie sah ihn interessiert an.

„Ich hatte eine nasse Hose."

„Vom Bier?"

„Nein, nicht vom Bier."

Valerie musste lachen, hörte aber sofort wieder auf.

„Sorry, das ist nicht zum Lachen. Danke, dass du mir so geholfen hast."

„Ich hätte früher eingreifen müssen, es gar nicht so weit kommen lassen dürfen."

„Du hast mich gerettet. Wer weiß, was die sonst noch gemacht hätten."

„Glaubst du mir jetzt?"

Sie sahen sich beide an. Valerie nickte.

Sven dachte, das wäre der richtige Moment, um Valeries Hände zu ergreifen.

„Aber ich liebe Erik trotzdem."

„Klar, daran wollte ich nichts ändern." Sven spürte einen Stich, als er dies aussprach. Sein Bruder hatte kein Anrecht auf Valerie. Erik hatte sich schäbig verhalten und sich mit fremden Federn geschmückt.

Valerie schaute auf ihre Uhr. „Ich muss jetzt gehen."

„Schade, gibst du mir noch deine Telefonnummer, bitte?"

Sie zögerte kurz.

„Nur, wenn du willst."

Sie griff in ihre Tasche und gab ihm ein Kärtchen:

‚Valerie Eisenstein, Studentin der Psychologie.' Adresse, Telefonnummer und Email standen darunter.

„Hat mir Erik geschenkt."

‚Komisches Geschenk', wollte Sven noch sagen, unterdrückte es aber, weil er Valerie nicht kränken wollte. Er überlegte kurz, ob er seinen Bruder noch besuchen sollte. ‚Nein, ich kann ihm nicht in die Augen sehen.'

Am nächste Morgen tippte er in sein MacBook: ‚Flüstersauber unser Sauger' und ‚Unser Robi macht's leise. Einfach zum Träumen.'

Kurz danach rief Erik an: „Kannst du mich abholen. Ich werde heute entlassen."

Sven kam mit Staus nicht gut zurecht. Schon nach zehn Minuten „Stop-and-Go" hätte er sein Auto, einen gelb-schwarzen Smart, am liebsten in die Luft gesprengt. Oder weniger martialisch, einfach stehengelassen, mitten im Stau. Was dachte sich Erik eigentlich? Er musste doch wissen, dass er damit enttarnt war. Warum hatte er Schwester Monika aufgetragen, Valerie und ihn anzurufen? Vielleicht ein Irrtum der Schwester oder Erik hatte einfach vergessen, dass sich Valerie und sein Bruder nie begegnen dürfen.

Hatte Erik Valerie in der Zwischenzeit schon alles gestanden und sie um Verzeihung gebeten? Er traute es seinem Bruder zu, Valerie mit seinem gespielten Charme eingewickelt zu haben. Erik war schon in der Jugend ein Womanizer gewesen. Sven hingegen war ein Spätzünder, was Mädchen betraf. Erik brachte schon mit Vierzehn ständig wechselnde Freundinnen nach Hause, Sven wurde im Laufe seiner Pubertät immer schüchterner. Einsam lebte er seine sexuelle Begierde aus, oft mehrmals täglich. Erst als Sven Germanistik zu studieren begann und als Existenzialist auftrat, erlöste ihn eine Studienkollegin, die wie er von Sartre und Camus schwärmte, von seiner Jung-fräulichkeit. Martin Heidegger war ihr zu theoretisch. Kurz nach dieser Erlösung trennte sich Sven von ihr. Sie hatte ihre Aufgabe erfüllt, und er liebte Heidegger über alles.

Er brauchte mehr als eine halbe Stunde ins AKH und war entsprechend gereizt. Sein Bruder wartete schon fix fertig angezogen vor dem Schwesternzimmer. Valerie musste ihm neue Kleidung gebracht haben, denn es waren keine Spuren der Schlägerei zu sehen. Die verschmutzte und vielleicht auch zerrissene Kleidung war wohl in dem Plastiksack verstaut, den er bei sich hatte.

„Dein Taxi ist da." Sven nahm Erik dem Plastiksack aus der Hand.

„Hallo Bruderherz. Danke fürs Abholen."

„Ohne Herz, bitte. Und wenn schon, dann Bruderschmerz."

Erik humpelte seinem Bruder, der schnell voranging, nach.

„Bitte nicht so schnell."

Sven drehte sich um und sah nun, dass sein Bruder hinkte. Eriks Gesicht war noch immer gezeichnet, die Schwellungen waren aber merklich zurückgegangen.

„Sonst noch Wünsche?"

„Was hast du? Mit Valerie habe ich mich schon aus-gesprochen. Und die gerechte Strafe hat mich auch ereilt."

‚Damit kommst du nicht davon', bebte Sven inner-lich.

Erik hatte Valerie nicht verdient. Er, Sven, hatte sie gerettet.

„Wir müssen trotzdem miteinander reden. Das ist schon ein starkes Stück, dass du dich für mich aus-gibst."

„Habe ich doch gar nicht."

„Was denn sonst? Du bist jedenfalls der falsche Held."

Sie waren ins Auto gestiegen, der Verkehr war immer noch sehr dicht. Sein Bruder wohnte in einer WG, ganz in der Nähe von Valerie. Das war Sven gar nicht aufgefallen, als er Valerie nach Hause gebracht hatte. Sven fand direkt vor dem Haus einen Parkplatz und begleitete seinen Bruder noch in den zweiten Stock.

„Also, wann reden wir?"

„Heute nicht. Ich habe noch Schmerzen und brauche Ruhe."

„Morgen Mittag? Du kannst wählen, wo. Am besten bei dir in der Nähe, falls du immer noch so armselig hinkst."

„Ja, Danke. Es tut mir leid, wenn du jetzt sauer bist."

„Reden wir morgen."

Wie konnte es sein, dass Valerie seinem Bruder verziehen hatte, ihn angeblich sogar noch liebte? Ihm, Erik, war sie nur dankbar. Mehr nicht.

Auch der Vater hatte Erik immer bevorzugt. Er war selbst sportlich gewesen und konnte mit Svens Introvertiertheit nichts anfangen. Die Mutter hingegen hätschelte ihren Sven, obwohl er dies, je älter er wurde, immer wieder brüsk von sich wies und sie mit groben Worten bedachte. Gleich nach der Matura war Sven in seine erste WG gezogen und hatte sein Germanistikstudium begonnen. Zum Glück war er vom Bundesheer als untauglich eingestuft worden. Den dafür notwendigen Befund hatte seine Mutter besorgt.

Sven hatte schon zweimal versucht, Valerie zu erreichen. Es meldete sich aber nur ihre Mailbox. Drückte sie ihn absichtlich weg oder hatte sie das Handy nicht bei sich?

Er probierte es ein drittes Mal und hörte diesmal ihre glockenhelle Stimme: „Hallo Sven. Ich komm grad aus der letzten Vorlesung."

„Hi Valerie. Hast du heute Zeit?"

„Wir haben doch schon alles geklärt, oder?"

„Es gibt ja noch andere Themen. Ich würde dich einfach gerne treffen."

„Ich habe Erik versprochen, dass ich ihn am Abend besuche."

„Dann vielleicht morgen?"

„Sven, bitte versteh mich nicht falsch. Ich bin dir ehrlich dankbar für deine Hilfe damals. Aber das Schicksal hat mich mit Erik zusammengebracht."

„Stimmt schon, aber er hat dich hinters Licht geführt."

„Sven, bitte. Das ist eine Sache zwischen Erik und mir."

„Ich kann mich nur wundern, dass du ihm diesen Betrug verzeihst."

„Sven, du hättest ja gar nichts davon, wenn ich mit Erik Schluss machen würde. Also, lass uns bitte in Ruhe."

„Wie du meinst. Ich finde halt, Unehrlichkeit ist das Schlimmste. Und ..."

Valerie hatte das Gespräch beendet. Sven war zunächst wütend. Sein Bruder, dieser Lügner, hatte ihm Valerie weggeschnappt. Wer, wenn nicht er hatte ein Recht auf ihre Zuneigung, ihre Dankbarkeit, ihre Liebe. Aber er ahnte auch, dass Valerie für ihn unerreichbar bleiben würde. Das schürte seien Neid aber nur noch mehr. Später überkam ihm ein schales Gefühl. Er fühlte sich nicht wohl in der Rolle des Neiders und Miesmachers. Was hatte er wirklich davon, wenn Valerie auf seinen Bruder sauer wäre oder gar mit ihm brechen würde?

Svens letzte, wenngleich nur kurze Beziehung lag schon mehr als zwei Monate zurück. Neue Frauen kennenzulernen war nicht so einfach wie früher, da er nur mehr selten ausging. ‚Das muss sich ändern‘, dachte er. Ihm fiel die flotte Junior-Kontakterin aus der Agentur ein. Sie war voll staunender Begeisterung für seine textlichen Ergüsse. Er würde sie beim nächsten Mal zu einem Drink einladen. Wer war schon sein Bruder? Ein Student der Sportwissenschaft, der vermutlich als Turnlehrer enden würde. Er war Valerie nicht würdig.

‚Valerie ist eine Frau, die alle Blicke auf sich zieht, sobald sie einen Raum betritt. Jeder Mann begehrt sie. Warum dann nicht auch ich?‘

Sven merkte, dass er sich im Kreise drehte.

Erik humpelte nur mehr leicht. Sven hatte unten auf ihn gewartet und inspizierte kurz seinen Zustand.

„Sieht ja schon viel besser aus."

„Du hast leicht reden. Ich habe immer noch große Schmerzen."

„Wohin willst du gehen?"

„Chili House wäre nicht schlecht. Was meinst du?"

„Perfekt. Ich hab' eh Lust auf was Scharfes."

Sie brauchten keine fünf Minuten bis zum Lokal und fanden sogar einen passablen Platz, obwohl das Chili

House zu Mittag wegen der preiswerten Menüs üblicherweise voll war.

In dem großen Raum fiel die lange Theke aus Nirosta als erstes auf. Tische und Stühle erinnerten in ihrer Schlichtheit an eine Imbissbude. Die Wände waren schmucklos und mehr grau als weiß. Der Geruch aber war betörend, wenn man indische und asiatische Gewürze mochte. Sven hatte hier schon Gäste gesehen, deren Augen schon kurz nach dem Eintreten tränten, noch bevor sie die Speisekarte studierten.

„Erzähl mal, wie das alles passiert ist." Sven hatte sich vorgenommen, seinen Missgunst nicht zu zeigen.

Erik zeigte auf seinen vollen Mund und nahm noch einen Schluck vom grünen Tee, bevor er zu sprechen begann.

„Es war so ähnlich wie bei dir. Zum Glück war aber Valerie nicht dabei."

„Also wie?"

„Ich habe diese Typen zunächst gar nicht bemerkt, weil ich grad eine Nachricht von Valerie gelesen habe. Als sie sich zu mir bewegten und ‚Da is' ja unser Held' riefen, war es für eine Flucht zu spät. Die Drei umringten mich und begannen sofort zu stoßen."

„Und was hast du gemacht?"

„Einen großen Fehler. Ich habe dem direkt vor mit

stehenden in die Magengrube geboxt. Er ging daraufhin kurz zu Boden."

„Ganz schön dumm, ich meine mutig."

„Die anderen haben dann auf mich eingedroschen, überall. Ich ging in die Knie und der Dritte trat mit seinen Springerstiefeln auf meinen Kopf ein."

„Scheiße, da hast du noch Glück gehabt, dass nicht mehr passiert ist."

„Das kannst du laut sagen. Ich hätte sterben können. Sie haben nicht aufgehört, mich zu treten. Bei der nächsten Station sind sie dann fluchtartig raus. Vermutlich hatten sie die Polizisten gesehen. Ich hörte ‚Halt. Stehenbleiben' und dann war einer der Polizisten schon bei mir. Die U-Bahn wurde gestoppt, bis der Notarzt da war."

„So gesehen hat dich die Polizei vor Schlimmeren bewahrt."

„Kann gut sein, aber die Täter sind trotzdem entkommen."

Sven lehnte sich zurück und beobachtete seinen Bruder, der die Stäbchen gegen eine Gabel getauscht hatte, um die auf seinem Teller verbliebenen Reste zu erwischen.

‚Zu Hause hat er sogar Schüsseln ausgeleckt, wie ein Hund oder eine Katze', erinnerte sich Sven.

„Jetzt bist du zum zweiten Mal mit mir verwechselt worden."

„Einmal hätte gereicht."

Sven spürte erneut eine Mischung aus Zorn, Neid und sogar Hass aufsteigen. Es war, als durchlebte er die in seiner Jugend erlittenen Demütigungen durch seinen Bruder mit Rückendeckung des Vaters aufs Neue.

„Warum hast du Valerie angelogen?"

„Habe ich nicht, jedenfalls nicht direkt."

„Und was dann sonst?"

„Ich habe sie in dem Glauben gelassen. Vermutlich hättest du das an meiner Stelle auch getan. Valerie hat mich von der ersten Sekunde an verzaubert. Sie hat mich sofort umarmt und wollte unbedingt mit mir ausgehen. Wer kann da widerstehen?"

„Du bist ein gewissenloser Betrüger."

„Wir haben uns ineinander verliebt. Und jetzt hat mir Valerie verziehen."

„Das hast du nicht verdient. Du bist so ein Scheißkerl."

„Nicht in diesem Ton, Sven. Übrigens gehst du Valerie kräftig auf die Nerven. Hör auf damit, sie zu belästigen."

„Sagt sie das?"

„Ja. Du bist ihr unheimlich."

Der Kontakter war begeistert.

„Sven, du bist ein Genie. Flüstersauber unser Sauger ist ein Hammer."

Die dralle Junior-Kontakterin nickte mit dem Kopf.

‚Die hat sicher ihre Brüste vergrößern lassen', kam Sven in den Sinn. Im Vergleich zu Valerie wirkte sie billig, irgendwie nuttig. Er würde sie nicht auf einen Drink einladen. Das wurde ihm jetzt klar.

„Der Slogan ist gekauft. Es fehlt aber noch ein Hinweis auf den Roboter, vielleicht in einer Unterzeile."

„Hab ich ja vorgeschlagen. Unser Robi macht's leise."

„Mir gefällt das sehr gut", sprach nun die dralle Blondine zum Kontakter gewandt.

„Na ja, seh' ich eher als Notlösung. Blöd nur, dass heute der letzte Termin ist."

„Ich kann noch nachdenken. Gebt mir eine Stunde Zeit."

„Super. Du kannst dich zu Janine ins Zimmer setzen. Ihre Kollegin ist heute nicht da. Hoffentlich lenkt sie dich nicht ab."

Der Kontakter lachte und klopfte Sven auf die Schulter. Sven fühlte sich ertappt und spürte seine Wangen heiß werden.

Janine brachte ihm Kaffee und Wasser.

„Reicht dir wirklich eine Stunde? Also, ich könnte das nie. Mir würde in so kurzer Zeit nichts einfallen."

Sven fühlte sich geschmeichelt.

„Wir werden ja sehen, was dabei rauskommt."

„Ich werd' eh ganz leise sein."

„Ist schon ok. Nur auf den Bildschirm zu starren bringt ja auch nichts."

Sven hatte sein MacBook aufgeklappt und öffnete eine neue Mindmap, um seine Ideen als Wolken einzutragen.

In die erste Wolke schrieb er den schon bekannten Satz ‚Unser Robi macht's leise'.

Janine hielt es auf ihrem Platz nicht aus. Sie beugte sich über Sven und berührte mit ihrem Busen seine Schulter.

„Ich find den Satz eh großartig."

„Hast du schon gesagt."

‚Automatisch und sympathisch', schrieb er in die nächste Wolke.

„Und wo kommt da der Roboter vor?"

„Im Wort automatisch."

‚Robomatisch und sympathisch' füllte die nächste Wolke.

Es kam keine Wolke mehr hinzu. Nach einer Stunde

hatte er Janine zu einem Drink für den Abend eingeladen.

Sven musste immer wieder an die Worte seines Bruders denken. „Du bist ihr unheimlich", hatte er gesagt. Wie konnte das nur sein? Er musste das mit Valerie klären, ihr die Augen öffnen, wie er wirklich war. Sein Bruder war doch nur ein Sportfreak, er hingegen ein belesener und weltoffener Mann, beruflich erfolgreich und sicher nicht weniger attraktiv als sein Bruder.

‚Bitte, treffen wir uns noch einmal', tippte er in sein Smartphone, und dann gleich an Janine ‚Sorry, geht heute leider doch nicht.'

Eine Stunde später rief sein Bruder an: „Ich habe dir doch gesagt, hör auf damit."

„Womit?" Sven wusste aber, dass seine SMS an Valerie gemeint war.

„Lass den Scheiß. Valerie hat deswegen sogar geweint. Und auf mich färbt das auch ab. Schließlich bist du mein Bruder."

„Ich kann machen, was ich will."

„Kannst du nicht. Komm doch zur Besinnung. Du hast absolut keine Chance bei Valerie."

„Dann sollst du sie auch nicht haben." Sven erschrak über seine eigenen Worte. Sein Bruder legte mit einem „Arschloch" auf.

Sven wurde immer unruhiger. Sein Bruder sollte diesmal nicht gewinnen. Valerie drückte ihn offenkundig weg. Seine Wut ließ ihm keinen klaren Gedanken fassen. Er wusste nicht einmal mehr, ob es um Valerie oder um seinen Bruder ging. Sicher war, dass er seinen Bruder jedes Glück missgönnte. Kurzerhand fuhr er zu Valeries Wohnung. Auf der Fahrt kamen ihm erneut Zweifel. Was wollte er von ihr? Vielleicht war sie ja gar nicht zu Hause? Er ging zum Eingang und läutete bei ‚Valerie Eisenstein'. Sie meldete sich sofort: „Erik, so früh schon? Komm rauf." Sven hörte den Türsummer und ging hinein. Im ersten Stock zählte er vier Wohnungen. Ihre Türnummer war elf, also musste sie im dritten Stock wohnen. Ihre Wohnungstür war angelehnt. Sven klopfte und ging hinein. Er hörte das typische Prasseln einer Dusche. Valerie trällerte ein Lied. „Nimm dir einen Drink. Es wird noch ein wenig dauern."

Sven bewegte sich langsam vom Vorraum mit angrenzendem Bad, aus dem man die Dusche hören konnte, in das anschließende große Zimmer, das offensichtlich Wohnzimmer, Küche und Schlafzimmer in einem war. Auf der rechten Seite befand sich eine durch eine halbhohe Wand abgetrennte Küche. Direkt vor ihm lud eine, von Blumen umrankte, kleine Sitzecke zum Verweilen ein. Linkerhand, im fensterlosen Teil des Zimmers, konnte man einen mit einem Paravent abgeschirmten Schlafbereich erahnen. Die Wände waren geschmückt mit bunten Fahnen und einem recht großen Gemälde, auf dem zwei nackte Körper sich zwar nahe waren, aber doch jeder für sich stand.

„Erik?" Die Stimme kam vom Vorraum und näherte sich.

Sven drehte sich um und sah Valerie nur mit einem Handtuch bedeckt im Türrahmen stehen.

Sie schrie: „Was machst du hier! Wie bist du hereingekommen!"

„Du hast mir aufgemacht."

„Geh bitte sofort. Erik wird gleich kommen."

Ihre Haare tropften noch. Mit den nassen, an den Kopf geklebten Haaren und dem weißen Handtuch, das von der Brust nur knapp bis über ihre Scham reichte, sah sie noch hinreißender aus. Nur ihr Gesicht passte nicht dazu. Wut und Panik waren darin zu lesen.

„Ich will nur mit dir reden." Sven hob hilflos die Hände. Eigentlich wollte er aus der Wohnung rennen, aber sie stand ihm im Weg.

„Du bist hier eingedrungen. Ich werde nie mehr mit dir reden!"

„Valerie, ich will dir ja alles erklären."

Die Gegensprechanlage gab ein Ding-Dong von sich. Valerie stürzte hin. Ihr Handtuch konnte sie dabei nur notdürftig festhalten.

„Erik. Bist du's?" Und nach einer weiteren Sekunde: „Dein wahnsinniger Bruder ist hier."

„Ich geh ja schon."

„Du wartest jetzt auf Erik. Ich will das ein für allemal geklärt haben."

Erik war trotz seines verletzten Beins erstaunlich schnell oben. Er stürzte auf Sven zu.

„Was machst du hier?" Er packte Sven an den Oberarmen und schüttelte ihn, so fest er konnte.

„Finger weg." Sven versuchte Erik wegzudrücken. Erik war aber viel stärker als Sven, seine Blessuren schienen keine Rolle mehr zu spielen.

„Hört auf, hört bitte auf!" Valerie weinte.

Erik ließ von Sven ab und schloss Valerie in seine Arme.

„Verzieh dich, bevor ich mich vergesse."

„Du brauchst mir nicht zu drohen, du Betrüger."

„Geh endlich."

„Und wenn nicht?"

„Geh. Ich sag's nicht noch einmal."

Sven hatte es satt. Valerie, die völlig verblendet war und ein hirnloses Muskelpaket liebte, und sein kleiner Bruder Erik, der schon in der Kindheit die Fäuste gegen ihn hatte sprechen lassen.

Die beiden Brüder hatten nicht zufällig skandinavische Namen. Ihr Vater war als Marketingchef eines schwedischen Konzerns nach Wien gekommen und hatte hier die aus der Steiermark stammende Mutter kennengelernt. Die Eltern wohnten noch immer in dem großzügigen Haus, das sie in skandinavischem Stil am westlichen Stadtrand erbaut hatten. Dort hatten Sven und Erik ihre gesamte Kindheit verbracht. Das Haus lag fast unmittelbar am Rande des Wienerwalds, der ein großer Abenteuerspielplatz für die Beiden war. Bis eben, ja bis Sven in die intellektuelle Schiene driftete.

Sven wurde vom Percussion-Ton seines Handys geweckt. Warum rief sein Bruder um zwei Uhr in der Nacht an? Das konnte nichts Angenehmes sein. Sven wartete, bis der Anruf in der Mailbox verendete. Er schaltete sein Smartphone aus und versuchte, wieder einzuschlafen. Um vier Uhr früh stand er auf. Sein tosender Kopf hatte jeden weiteren Schlaf verhindert.

Das Handy meldete drei weitere Anrufe von seinem Bruder. Das überraschte ihn nicht. Ein vor kurzem erfolgter Anruf seines Vaters, der auch auf die Mailbox gesprochen hatte, machte ihn aber stutzig. Es musste etwas passiert sein. Seine Eltern würden nie um diese Zeit einfach so anrufen.

„Hi Sven, deine Mutter ist zusammengebrochen und liegt jetzt im AKH. Wir wissen noch nicht, warum das passiert ist. Wäre schön, wenn du bald kommen könntest."

Sven trank schnell einen Espresso, bevor er sich mit

dem Auto zum AKH aufmachte. Es war typisch für seinen Vater, Details wie die Station oder das Zimmer zu vergessen. Der Informationsschalter in der Eingangshalle war nicht besetzt. Er versuchte seinen Vater zu erreichen, landete aber in der Mailbox. Welche Abteilung könnte passen? Nach einigen Minuten, in denen Sven die Anzeigetafel mit den Stationen studiert hatte, kam eine Ärztin mit auffallend dunklen Augenringen vorbei. Er bat sie um Hilfe, und sie rief für ihn bei der Notaufnahme an. Seine Mutter war auf die Intensivstation gebracht worden. Sven fuhr in den dreizehnten Stock und fand dort seinen Vater unruhig im Gang auf und ab gehend.

„Warum hebst du nicht ab?"

„Bitte, Sven. Es gibt doch jetzt Wichtigeres."

„Was ist los? Wie geht es Mutter?"

„Helene ist noch immer bewusstlos und wird künstlich beatmet."

„Gibt es schon eine Diagnose?"

„Noch nichts Definitives. Man hat sehr vage von einem Blutgerinnsel im Gehirn gesprochen."

Jetzt erst schüttelte Sven seinem Vater die Hand. Dessen Versuch zu einer Umarmung entzog er sich aber.

„Hast du Erik schon erreicht?"

„Nein, er hebt nicht ab. Vielleicht hat er sein Handy ausgeschaltet."

‚Schweinekerl', dachte Sven. ‚Zuerst weckt er mich

mitten in der Nacht und dann schaltet er ab, damit ich ihn nicht gegenquälen kann.'

„So ist unser Erik halt. Immer nur bei Schönwetter verfügbar."

„Hör doch auf. Deine Mutter liegt vielleicht im Sterben, und du pflegst deinen unnötigen Konflikt mit deinem Bruder."

Das ist das übliche Muster, dachte Sven. Der Vater ist immer auf der Seite seines Bruders.

„Kann man zu ihr?"

„Im Moment nicht. Kannst du mich nach Hause bringen? Ich bin mit der Rettung mitgefahren."

‚Dafür hat er mich angerufen? Er kann sich doch ein Taxi leisten.' Sven war aufgebracht, seine Mutter hatte er kurz vergessen.

„Klar. Du bist sicher sehr erschöpft."

„Es geht schon, aber etwas Ruhe und ein Frühstück bräuchte ich schon."

„Was ist los?" Es war Erik und Sven spürte ein Verkrampfen seines Magens.

„Hast du schon mit Vater gesprochen?"

„Nein, ich wollte zuerst mit dir reden."

„Mutter liegt im AKH. Sie ist ohne Bewusstsein. Die

Ärzte wissen nicht, woran es liegt. Ich fahre jetzt wieder hin."

„Soll ich auch kommen?"

„Warum, hast du etwas Anderes vor?"

„OK, ok. Ich komme. Aber bitte verhalte dich friedlich."

Sven tat so, als würde er den letzten Satz nicht hören und legte auf. Sie hatten vereinbart, sich im AKH bei Starbucks zu treffen. Den Vater wollte er nicht stören. Vielleicht schlief er noch.

Als er den Vater heimgebracht hatte, wollte Sven gleich wieder fahren. Doch der sture alte Mann hatte sich nicht davon abbringen lassen, Filterkaffee, weiche Eier und Toast zu servieren. Während des Essens hatte sein Vater zu weinen begonnen. Sven hatte ihn nie zuvor so erlebt. Sicher hätte man in dieser Situation seinen Vater umarmen und etwas Tröstendes sagen sollen. Aber für mehr als ein „Es wird schon wieder" hatte es nicht gereicht. Der Vater hatte große Angst, dass Helene sterben könnte.

Sven war darauf nicht eingegangen und hatte seinen Vater dazu gebracht, eine Schlaftablette zu nehmen und sich hinzulegen. Er hatte gewartet, bis er eingeschlafen war.

Sein Elternhaus war ihm fremd geworden, obwohl fast alles noch am gleichen Platz stand. Der wuchtige

Esstisch und die hohen mit weißem Stoff überzogenen Stühle erinnerten ihn an lärmende Familienessen mit Verwandten. Die Bilder von damals sah er aus einer Art von Vogelperspektive, er selbst saß nicht am Tisch. Vielleicht lag es daran, dass er sich als Kind gerne unter dem Tisch versteckt und lieber die Schuhe der Gäste inspiziert hatte, als in ihre Gesichter zu sehen.

Erik stoppte mit einem lauten „Hi" Svens Erinnerungen.

„Hast du dir schon was geholt?"

„Nein, bring mit bitte einen doppelten Espresso mit."

Erik verzog den Mund und ging zur Theke.

„Was ist mit Vater?"

„Ich glaube, er schläft noch. Jedenfalls hat er das getan, als ich das Haus verlassen habe."

„Ist vielleicht auch besser so. Für ihn muss das schrecklich sein."

„Für dich nicht?"

„Wieso stichelst du die ganze Zeit? Du hast dich danebenbenommen, nicht ich. Vergiss das nicht."

„Was hat das mit Mutter zu tun?"

„Hör doch auf. Mutter wird ja nicht sterben."

„Vielleicht doch."

„Schwarzmaler."

„Vater befürchtet es auch."

„Ihr seid beide Schwarzmaler."

Sie tranken den Kaffee aus.

„Übrigens, Valerie wird Wien für einige Zeit verlassen."

„Hat sie genug von dir?"

„Sven, jetzt reicht's mir. Du bist ein richtiges Ekel geworden."

„Also, warum lässt sie dich sitzen?"

„Tut sie nicht. Es war schon lange geplant, dass sie zu ihrer älteren Schwester nach Johannesburg fährt und dort ein oder zwei Semester studieren wird."

„Und du bleibst in Wien?"

„Nicht unbedingt. Ich könnte im Herbst nachkommen, aber mir fehlt das nötige Money."

„Du könntest zur Abwechslung im Sommer arbeiten."

„Hab ich auch vor. Allerdings wird das nicht reichen."

„Also ein Banküberfall."

Erik sah Sven streng an.

„Kannst du mal ernst sein? Ich werde Vater bitten, mir das Geld vorzustrecken."

„Typisch. Er unterstützt dich ohnehin seit Jahren."

„Sven, der Neid wird dich auffressen. Du hättest ja auch fertig studieren können. Komm, gehen wir zur Mutter."

Auch Sven hatte sein Studium schleifen lassen. Im Grunde wollte er Schriftsteller werden. Was sollte dafür ein abgeschlossenes Studium nutzen. Er verbrachte ganze Tage im Kaffeehaus. Sein blaues Notizbuch lag griffbereit am kleinen Marmortisch. Manchmal notierte er Textfragmente, die er später so oft quer über die Seite durchstrich, dass Risse im Blatt entstanden. Er kam nie über mehr als zehn Seiten hinaus und verfiel schnell ins Träumen. In diesen Tagträumen war er meist ein berühmter Schriftsteller, der seinen nächsten Roman plante oder eine Lesung vor hunderten andächtigen Zuhörern hielt, die sich nach dem tosenden Schlussapplaus um eine Widmung im neuesten Buch von Sven anstellten.

Er lernte ein Mädchen, das in einer Agentur arbeitete, kennen und begann dort freiberuflich als Texter zu arbeiten. Erst in dieser Zeit fand er sein Selbstbewusstsein aus seiner Kindheit wieder. Er genoss es, wenn seine Slogans auf Plakaten für tausende Menschen sichtbar waren, er schrieb Drehbücher für Werbespots und wies die häufig wechselnden Freundinnen gerne auf seine Werke hin.

Sven besuchte die Mutter jeden Tag. Er glaubte aber, dass sie nichts davon hatte, weil sie ohne Regung und künstlich beatmet in einem von medizinischen Geräten gesäumten Bett lag. Sven dachte, dass der Hauptzweck der sich ständig ändernden Kurven und Zahlen auf den Displays darin bestand, ihr Noch-am-Leben-Sein zu beweisen. Wenn man das überhaupt Leben nennen konnte. Er spürte aber eine innere Verpflichtung und die Angst, sie vielleicht zum letzten Mal lebend zu sehen.

Sven setzte sich nicht hin, sondern blieb am Bettende stehen. Am Eingang hatte er Plastiküberschuhe und einen Umhang anziehen müssen. Zusätzlich musste er noch einen Mundschutz tragen. Sven fand das lächerlich. Wie sollte man mit dieser Alibiaktion ein Einschleppen von Keimen verhindern? Wenn seine Mutter jetzt die Augen öffnete, würde sie zu Tode erschrecken, Sven in dieser Verkleidung zu sehen.

„Nicht erschrecken, liebe Mutter, Ich bin's, dein Sven."

Die Schwester hatte ihm gesagt, dass er ruhig mit seiner Mutter reden könne. Es gäbe Berichte von Menschen, die sich an solche Worte erinnern konnten, nachdem sie wieder aus dem künstlichen Tiefschlaf erwacht waren. Sven glaubte nicht daran. Sein Sprechen half ihm aber, sich nicht vollkommen nutzlos zu fühlen.

„Ich frage dich nicht, wie es dir geht. Du kannst mir ja nicht antworten. So gerne würde ich dich jetzt in die Arme nehmen."

Zum Zeichen dafür bildete er mit seinen Armen einen Kreis, ließ sie aber gleich darauf fallen, als hätte er nicht mehr die Muskelkraft, sie in der Waagrechten zu halten.

„Bald werden wir wieder gemeinsam essen. Diesmal werde ich kochen und nicht du. Was war noch einmal deine Lieblingsspeise? Das Zitronenhuhn oder die Lachstortellini? Egal, ich koche einfach beides."

Abrupt hörte er zu reden auf. Das Gefühl der Sinnlosigkeit hatte ihn erneut übermannt. Er presste die Lippen aufeinander und versuchte zu weinen. Doch er brachte keine Träne hervor. Sie versickerten in seinem Inneren.

Sein Vater rief an.

„Ich weiß nicht, was ich tun soll, Sven."

„Hallo Vater, was ist los?"

„Der Oberarzt hat mir gesagt, dass eine Operation die einzige Chance ist."

„Was meint er mit Chance?"

„Nun ja, dass sie wieder ein einigermaßen normales Leben führen kann. Allerdings ist die Überlebenschance unter fünfzig Prozent."

„Puh, das ist sehr wenig. Gibt es keine Alternative?"

„Nein. Sie kann natürlich noch einige Zeit im künstlichen Tiefschlaf gehalten werden."

„Schrecklich. Was wirst du tun?"

„Ich weiß es nicht. Deshalb rufe ich dich ja an. Erik hat gemeint, dass es zumindest eine Chance ist."

„Typisch Erik. Nur nicht nachdenken."

„Was meinst du dazu?"

„Schwierig, wie soll man das ohne nähere Informationen entscheiden?"

„Dann sprich du noch einmal mit dem Arzt."

„Ja, kann ich machen. Wie heißt er?"

„Doktor Leinhar."

Erik, dieses Arschloch. Er machte es sich wieder einmal leicht. Macht nur, das war sein Motto. Seit dem gemeinsamen Besuch mit Sven war er nicht mehr im Spital gewesen. Valerie konnte nicht ahnen, was für ein selbstgefälliges Arschloch Erik war.

Bevor er im Spital anrief, wollte Sven den Prospekttext für den neuen Staubsauger fertigstellen. Er las sich den bereits geschriebenen Teil des Textes noch einmal durch, konnte sich aber gegen seine in den Vordergrund drängenden Emotionen nicht wehren. Der Text entglitt ihm und wurde auf eine beliebige Aneinanderreihung von Wörtern reduziert. Die Gedanken an seine Mutter, aber noch viel mehr der

Hass auf seinen Bruder waren nicht aus seinem Kopf zu bringen.

Er klappte sein MacBook zu und rief im AKH an.

„Ich bin der Sohn von Frau Hansmann. Kann ich bitte mit Doktor Leinhar sprechen?"

„Worum geht es denn?"

„Ich hätte gerne nähere Informationen zum Zustand meiner Mutter und vor allem zur geplanten Operation."

„Ja, verstehe. Ich glaube nur, dass es das Beste ist, wenn Sie dafür ins Spital kommen. Am besten heute um vierzehn Uhr. Da ist der Herr Doktor auf der Station."

„Ok, das ist bei mir möglich."

„Dann werde ich dem Herrn Doktor Bescheid geben. Wie war noch einmal ihr Name?"

„Sven Hansmann."

Sven machte sich einen Espresso und setzte sich wieder an seinen Text. Er schrieb und korrigierte, bis er das Gefühl hatte, dass das Ergebnis brauchbar war. Auf eine sprühende Wortwahl musste er wohl oder übel verzichten.

‚Mehr geht nicht. Es ist ein Durchschnittstext. Das muss reichen.' Er sendete den Text per Email an die Agentur.

„Guten Tag, Herr Hansmann. Setzen Sie sich."

Der Doktor wies mit der Hand auf den freien Stuhl ihm gegenüber. Er sah Sven leicht schmunzelnd an.

„Frappierend, diese Ähnlichkeit mit Ihrem Vater."

„Wirklich? Sie müssten erst meinen jüngeren Bruder sehen."

„Ja, die Ähnlichkeiten. Eigentlich ein Thema für Frauen, so wie die Astrologie." Doktor Leinhar lachte.

Sven schätzte ihn zwischen vierzig und fünfzig Jahre. Er hatte ein scharf geschnittenes Gesicht. Sein Kopf war komplett rasiert und der Schädel glänzte im Neonlicht des Raumes.

„Kommen wir zur Sache, Herr Hansmann. Was kann ich für Sie tun?"

„Mein Vater hat mir erzählt, dass eine Operation notwendig ist und die Erfolgschancen nicht gerade hoch sind."

„Das ist leider richtig. Aber immerhin gibt es eine Chance. Ich würde sagen, fifty-fifty. Das klingt jetzt hart, aber sie müssen wissen, dass wir bei ihrer Mutter einen Hirntumor diagnostiziert haben."

„Wieso? Ich dachte, es wäre ein Blutgerinnsel."

„Das war die erste Diagnose, als Folge eines vermuteten Schlaganfalls. Aber dann haben wir den Tumor entdeckt, der auch für die Hirnblutung verantwortlich ist."

„Ich pack es nicht. Davon hat mir mein Vater nichts erzählt."

„Ihr Vater ist hier zusammengebrochen. Er wird sich daher nicht an jedes Detail unseres Gesprächs erinnern können."

„Warum haben Sie mich nicht angerufen?"

„Er wollte, dass wir ihren Bruder anrufen. Der ist dann auch gekommen.

‚Erik', dachte Sven. ‚Der macht das nur wegen des Geldes vom Vater.' Er räusperte sich.

„Wie lange kann man noch warten mit der OP?"

„Wir sollten unbedingt noch diese Woche operieren. Den Hirndruck haben wir derzeit noch unter Kontrolle. Das kann sich aber täglich ändern."

„Und warum ist die Überlebenschance so gering?"

„Das Hirnareal, wo der Tumor liegt, ist schwer zugänglich. Aber verbeißen sie sich nicht in die Erfolgsaussichten. Es ist der einzige Weg, den wir gehen können."

„Also gibt es gar keine andere Option?"

„Aus medizinischer Sicht nicht. Ich muss Ihnen noch sagen, dass wir bei ihrer Mutter auch ein Nierenzellkarzinom diagnostiziert haben. Dieser Krebs ist auch die Ursache für die Metastasen im Gehirn."

„Oh Gott."

„Zuerst müssen wir den Gehirntumor entfernen,

denn dieser ist unmittelbar lebensbedrohend. Doch bald darauf müssten wir auch die befallene Niere entfernen."

„Das ist ja unfassbar. Sie hat sich doch gesund gefühlt. Und wie stehen die Chance bei dieser OP?"

„Ganz gut. Die Entfernung einer Niere ist heute keine Hexerei mehr. Und man kann ja auch mit nur einer Niere relativ normal leben. Allerdings würde ich nicht davon ausgehen, dass ihre Mutter sehr alt werden wird, da sich schon Metastasen gebildet haben. Aber einige Jahre könnten es schon sein. Nach der Entfernung der Niere müssten wir dann mit allen zur Verfügung stehenden Mitteln die weitere Ausbreitung des Karzinoms verhindern."

„Also Chemotherapie und so."

„Ja, richtig. Es wird ein langer Weg."

„Ob meine Mutter das will?"

„Das können wir sie erst nach der Entfernung des Gehirntumors fragen."

„Wenn sie überlebt."

Sven fühlte sich nach diesem Gespräch vollkommen ausgeliefert. Es lag alles in den Händen der Ärzte. Vielleicht nicht einmal das. Vielleicht brauchte es die Gunst höherer Mächte. Sven glaubte aber nicht an Gott oder etwas Gottähnliches. Er fragte seinen Vater, ob man Mutter das antun sollte. Ob es nicht besser wäre, wenn sie nicht mehr aufwachte. Der Vater war empört.

„Du bist ein Spinner, Sven. Man muss die kleinste Chance nutzen. Deine Mutter würde genauso entscheiden."

„Da bin ich mir nicht sicher. Mir hat sie einmal gesagt, dass sie kein leidvolles Dahinsiechen will. Wenn schon sterben, dann schnell. Am besten wäre es, wenn man nichts davon mitbekäme. Einschlafen und nicht mehr Aufwachen. Das waren genau ihre Worte."

„Das hat sie nur so dahingesagt. Aber im Ernstfall würde sie ganz anders entscheiden."

„Wie du meinst. Dann hast du deinen Entschluss ohnehin schon gefasst. Oder?"

„Ja. Erik hat mich dabei sehr unterstützt. Obwohl er jünger ist als du, ist er schon viel vernünftiger."

Die Mutter starb drei Tage nach der Operation. Nicht vorhersehbare Komplikationen, sagten die Ärzte. Sven konnte die Nachricht im ersten Affekt nicht akzeptieren. Es durfte nicht sein. Vor zwei Wochen hatte er seine Mutter noch in der Stadt getroffen. Sie war so stolz auf seine Slogans und Texte gewesen.

Erik rief an. „Wie geht es dir?"

„Erik, du bist Spezialist für blöde Fragen. Scheiße, natürlich."

„Versteh ich. Wir müssen aber trotzdem einiges für das Begräbnis regeln."

„Ja, und. Was soll ich tun?"

„Valerie und ich haben praktisch schon fast alles ausgesucht. Vater ist dankbar, dass wir ihm die Arbeit abnehmen. Er hat sogar Valerie mit feierlichen Worten in die Familie aufgenommen."

„Schön für euch. Dann wird das Geld reichlich fließen."

„Hör doch auf. Unsere Mutter ist gestorben und du versprühst nur dein Gift. Wir treffen uns heute Abend bei Vater für eine letzte Abstimmung. Es wäre schön, wenn du auch kommen könntest. Neunzehn Uhr."

„Ja, ok. Aber, es gibt eh nichts mehr zu entscheiden."

„Komm und wir reden darüber."

Erik und Valerie saßen schon gemeinsam mit dem Vater am großen Tisch, als Sven zehn Minuten nach Sieben eintrat.

Sie sahen von dem am Tisch ausgebreiteten Prospekten kurz auf und sagten fast im Chor: „Hallo Sven."

„Sorry, dass ich zu spät bin. Der Abendverkehr."

„Macht nichts", sagte sein Vater und zeigte auf einen

hellen schnörkellosen Holzsarg. „Wie findest du den?"

„Was soll ich dazu sagen. Ich habe die anderen noch gar nicht gesehen."

„Sven, mach keinen Zirkus. Sei doch froh, dass wir dir die Arbeit abnehmen." Erik sah Sven mit einem Lächeln der Überlegenheit an.

Valerie, die ganz in Schwarz gekleidet war, nickte dazu.

„Wir haben uns so viel Mühe gegeben, Sven."

„Es ist aber nicht deine Mutter, sondern meine."

„Ist schon gut." Valerie zeigte ihre Handflächen als Zeichen der Abwehr.

„Sven, jetzt sei doch vernünftig. Warum gehst du auf Valerie los? Das hat sie wirklich nicht verdient." Sein Vater nahm Valeries Hände und drückte sie.

Valerie sah ihn dankbar an: „Ist schon in Ordnung, Dad."

Vaters Augen wurden lebendig, sogar ein Lächeln entkam ihm.

‚Der Alte spitzt doch nur auf sie. Dieser Lustmolch.' Sven konnte sich gut an die Schreiduelle erinnern, wenn seine Mutter wieder einmal von einem Verhältnis seines Vaters erfahren hatte. Sie weinte sich dann bei Sven aus und übernachtete in seinem Zimmer. Der Vater ließ Sven das am nächsten Tag deutlich spüren.

Sven hatte sich noch nicht gesetzt. Wie kam Valerie dazu, seinen Vater als den ihren zu vereinnahmen?

„Ich habe gar nicht gewusst, dass es auch dein Vater ist."

Erik erhob sich. „Wenn du nur blöd redest, kannst du gleich wieder gehen." Er war ganz nahe an Sven herangetreten und schob ihn vom Tisch weg. Sven versuchte, ihn zurückzustoßen. Erik hatte wohl damit gerechnet und drehte sich schnell zur Seite. So stieß Sven ins Leere, verlor das Gleichgewicht und landete im mit weißen Stoff überzogenen Stuhl. Er schlug mit dem Mund auf. Der weiße Stoff färbte sich rot vom Blut, das Sven aus dem Mund und der Nase lief. Er richtete sich auf und versetzte Erik, der sich über ihn beugen wollte, einen Faustschlag ins Gesicht. Svens Knöchel schmerzten.

„Du elendiges Arschloch. Nichts im Hirn aber gleich zuschlagen."

Erik hielt sich das Gesicht und schrie: „Du hast zugeschlagen. Ich bin nur ausgewichen. Arroganter Schnösel, du."

„Hört bitte auf. Eure Mutter ist tot. Vergesst das nicht."

Valerie versuchte Erik, der sich mit erhobenen Fäusten in Kampfpose gestellt hatte, zurückzuhalten. Sie hatte von hinten die Arme um ihn geschlungen und flüsterte ihm ins Ohr. Sven nutzte das und versetzte Sven einen Schlag in die Magengrube. Erik sah die

Faust zwar kommen, die Umarmung von Valerie hinderte ihn aber an einer schnellen Abwehr. Er zeigte Wirkung und ging stöhnend zu Boden. Valerie ließ ihn erschrocken los. Sven setzte nach und schlug Erik aufs rechte Ohr, der nun nach hinten fiel und die Hände zum Schutz vors Gesicht hielt. Der Vater kam von hinten laut fluchend auf Sven zu. Sven versetzte ihm mit dem Ellenbogen einen Schlag, der den Vater so unglücklich traf, dass er ebenfalls zu Boden ging. Sven verfiel in einen nie zuvor erlebten Rausch. Jetzt konnte er sich endlich an seinem Bruder rächen. Er trat ihm mit dem rechten Fuß gegen seinen Oberschenkel. Dann gab er ihm mit dem linken Schuh einen Spitz ins Gesäß. Erik wimmerte und der Vater hinter ihm hatte einen Hustenanfall, der nicht enden wollte.

Valerie stürzte sich zwischen Erik und Sven.

„Hör auf! Du bist wie die Hooligans. Ich hasse dich!"

Sven zeigte eine scheußliche Grimasse der Wut und wollte auch Valerie schlagen. Eine innere Stimme, ein letzter Rest von Schlaghemmung ließen es nicht zu. Er hörte sich voll Verachtung „Du falsche Schlampe" sagen und ging betont langsam zur Tür hinaus.

Er startete seinen Smart und fuhr um die nächste Ecke. Dort wischte er sich mit einem Taschentuch das Blut aus dem Gesicht und stieg aus. Er war außer Atem und spürte eine aufkommende Übelkeit. Ein großer Schwall von Erbrochenem schoss so überraschend aus seinem Munde, dass er sich nicht mehr rechtzeitig nach vorne beugen konnte. Er beschmutzte seine Jeans und seine Schuhe.

„Was habe ich da getan?", sprach er zu sich selbst.

Mithilfe weiterer Taschentücher versuchte er die Hose und die Schuhe notdürftig zu säubern. Sollte er zurückfahren und sich entschuldigen? Nein, Erik hatte ja begonnen. Es war doch nur verständlich, dass er, Sven, explodiert war. Der letzte Satz von Valerie fiel ihm wieder ein. Das tat weh. Er hätte ihr so gerne die Welt gezeigt.

Wenn sein Vater anrief, drückte er ihn weg. Sven war fest entschlossen, seiner Familie den Rücken zu kehren. Sie hatten ihn ohnehin immer als Außenseiter behandelt. Bis auf seine Mutter. Die war aber tot. Er wollte auswandern, vielleicht nach Neuseeland. Sven sprach zwar sehr gut Englisch, aber für seine Arbeit als Texter würde es nicht reichen. Dazu musste man mit einer Sprache jonglieren können. Dann vielleicht nach Hamburg. Dort gab es viele große Agenturen.

Mit dem Partezettel in seinem Postfach hatte Sven nicht gerechnet. Das Begräbnis sollte am nächsten Freitag stattfinden. Vater hatte darauf geschrieben „Komm doch bitte. Wir verzeihen dir."

Sven kaufte sich einen schwarzen Anzug und eine schwarze Krawatte. Ein weißes Hemd und schwarze Schuhe besaß er schon. Am Tag des Begräbnisses

ging er zum Friseur und ließ die Haare kurz schnei-
den.

Frisch verliebt

Leichtfüßig trippelte Clemens die Stufen zur U-Bahn hinunter. Er hörte die U-Bahn in die Station einfahren und beschleunigte seinen Schritt. Wie jeden Morgen zwischen Acht und Neun war die U-Bahn überfüllt. Noch bevor sie zum Stehen kam, hatte er nach einem Waggon mit etwas weniger Menschen Ausschau gehalten und auch gefunden. Um den dicht gedrängten Fahrgästen im Eingangsbereich zu entkommen, arbeitete er sich zur Wagenmitte vor und hielt sich dort an einer der Haltestangen fest. Im Gegensatz zu den meist ernst dreinblickenden Menschen, die sich in eine Gratiszeitung vertieft hatten oder mit ihrem Smartphone beschäftigt waren, hatte er ein Lächeln auf den Lippen und fühlte sich prächtig. Gerne hätte er eine kleine Melodie gepfiffen, unterließ es aber, um nicht böse Blicke auf sich zu ziehen.

Er beachtete die Mitreisenden kaum. Nur eine recht hübsche Frau mit schwarzem langem Haar fiel ihm auf. Sie saß beim Fenster und schaute ihn mit einem gewinnenden Lächeln direkt an. Das irritierte Clemens, und er wendete seinen Blick ab.

"Schön, dass man auch gut gelaunte Menschen in der U-Bahn trifft." Sie sprach mit einer hellen, aber keineswegs schrillen Stimme, und schaute weiterhin ohne jede Scheu in sein Gesicht.

"Ja, stimmt. Das scheint aber auch auf sie zuzutreffen."

Dabei versuchte er ein neutrales Gesicht aufzusetzen,

denn der vielleicht entstandene Eindruck, dass er Interesse an ihr hätte, sollte nicht verstärkt werden.

"Klar", gab sie zurück. "Wenn man einen so gutaussehenden und sonnigen Mann wie Sie trifft."

Clemens spürte einen leichten Anflug von Röte in sich aufsteigen.

"Jetzt übertreiben sie aber", versuchte er ihr den Wind aus den Segeln zu nehmen. Aber genau das Gegenteil passierte.

"Ich weiß, dass man sich in der U-Bahn eher nicht anspricht und schon gar nicht eine Frau den Mann. Sie gefallen mir einfach gut und haben eine ungewöhnlich positive Ausstrahlung."

Die Situation war Clemens unangenehm. Trotzdem verspürte er die Verpflichtung für ein Gegenkompliment, antwortete aber nur mit einem unverbindlichen: "Das freut mich".

Er hätte gerne das Gespräch beendet. Manche der Mitreisenden hatten ein spöttisches Lächeln aufgesetzt, zwei Mädchen tuschelten miteinander und kicherten verhalten. Ein älterer Mann, der der Frau gegenübersaß, schüttelte leicht den Kopf und murmelte: "Warum passiert mir das nicht?"

Zum Glück schien die Schwarzhaarige nun mit ihrer Handtasche beschäftigt zu sein. Sie schrieb in ein Notizbuch und stand kurz danach auf. Offensichtlich wollte sie bei der nächsten Station aussteigen. Sie musste an Clemens vorbei und obwohl er versuchte, ihr möglichst viel Platz zu machen, drängte sie sich an ihn und flüsterte ganz nahe an sein Ohr: "Vielleicht sehen wir uns ja wieder". Clemens spürte ihren heißen Atem und roch ihr dezentes Parfum, das den Frühling anzukündigen schien.

So bemerkte er zunächst nicht, dass sie ihm einen sorgfältig mehrfach zusammengefalteten Zettel in die Hand drückte.

Mit einem gehauchten "Ciao" und einem reizenden Lächeln drehte sie sich schließlich weg, um zum Ausgang zu kommen. Als sie schon fast ausgestiegen war, entkam auch ihm ein verhaltenes "Ciao", das sie vermutlich nicht mehr hören konnte. Sie winkte ihm von außen noch zu und verschwand dann aus dem Blickfeld, als die U-Bahn wieder anfuhr.

Clemens blieb verdutzt zurück. Die Komplimente dieser offenherzigen Frau schmeichelten ihm. Er war aber auch peinlich berührt. Daher bewegte er sich näher zu einem der Ausgänge, vor allem um den Menschen zu entkommen, die ihn immer noch verstohlen aber eindeutig spöttisch ansahen.

Zwei Stationen später musste auch er aussteigen. Noch am Bahnsteig faltete er den Zettel auseinander. Darauf waren in schwungvoller Schrift "Anna" und eine Telefonnummer geschrieben.

"Anna", sagte er zu sich und steckte den Zettel in seine rechte Sakkotasche. Eine eigenartige Begegnung, dachte er, und strebte nun leise vor sich hin pfeifend zu seinem Büro. Er hatte einmal von der besonderen Ausstrahlung von Verliebten gelesen. 'Eigentlich blöd. Wenn man verliebt ist, ergeben sich wie von selbst neue Gelegenheiten, die man genau dann nicht nutzen kann.' Clemens musste bei diesem Gedanken schmunzeln.

Die nächsten Tage zogen schnell vorbei. Die Arbeit ging ihm gut von der Hand, selbst bei schwierigen Kundenterminen half seine neue Leichtigkeit. Er hatte seinen neuen Tätigkeitsbereich als Junior Account Manager erst vor kurzem begonnen und war sich nicht sicher gewesen, ob er der Richtige dafür wäre. Diese Unsicherheit war durch sein neues Lebensgefühl wie weggeblasen.

Spätestens nach dem Mittagessen sehnte er sich nach seiner Julia, die im selben Bürogebäude wie er, jedoch bei einer anderen Firma als Assistentin der Geschäftsführung arbeitete. Er verkniff es sich jeden Tag aufs Neue, sie während der Arbeitszeit anzurufen oder gar bei ihr aufzukreuzen. Sie hatten überdies vereinbart, dass sie den Heimweg nicht zusammen antraten, außer es ergab sich zufällig so. Wenn sie die Nacht gemeinsam verbracht hatten, fuhren sie trotzdem getrennt ins Büro. Julia brauchte in der Früh immer mehr Zeit als Clemens und fühlte sich unter Druck gesetzt, wenn er auf sie warten wollte. Nur die Abende hatten sie ganz für sich reserviert. Diese gemeinsame Zeit sollte etwas Besonderes bleiben, exklusiv für ihre junge Liebe.

Meist endeten diese intensiven und von unzähligen Küssen, Umarmungen und Liebeserklärungen getränkten Abende im Bett von Julia oder sie gingen zu ihm. Sie trennten sich dann erst am nächsten Morgen und Clemens schwebte wie auf Wolken durch den Tag, da er noch länger ihre Wärme und ihre samtene Haut zu spüren glaubte und überdies schon den nächsten Abend mit ihr vor Augen hatte.

Jeden Monat feierten sie den Tag ihres Kennenlernens. Sie hatten sich bei einem „Come together" im Bürohaus zum ersten Mal gesehen und waren wie auf Schienen aufeinander zugegangen. Abgesehen von diesen besonderen Tagen schlich sich der Alltag in ihr gemeinsames Leben ein. Sie hatten nicht mehr jeden Tag Sex und verbrachten so manchen Abend voneinander getrennt. Einmal war sie zu müde, ein anderes Mal traf sie sich mit einer Freundin, oder Clemens ging nach der Arbeit ins Fitness-Center.

Sie sprachen auch darüber und Julia meinte, dass es ihrer Liebe nur guttäte, wenn sie hin und wieder auch nicht zusammen wären. Das sah Clemens auch so. Es sei ein Reifeprozess für ihre Liebe, sagte er, um sie gleich darauf zu küssen. Sie hatten sich ohne es abzusprechen angewöhnt, die Zungen in ihrer ersten zarten Berührung verharren zu lassen, bis er oder sie es nicht mehr aushielt und dieses hingebungsvolle Innehalten mit fordernden und leidenschaftlichen Küssen beendete.

Es war Freitag und sie hatten Theaterkarten für diesen Abend geschenkt bekommen. Ausnahmsweise war einmal Clemens und nicht Julia spät dran. Das letzte Meeting im Büro hatte wesentlich länger als erwartet gedauert. Julia war schon zu ihm gefahren und zum Gehen bereit, als er endlich verschwitzt und abgehetzt eintraf. Er wechselte nur das Hemd, da zum Duschen keine Zeit mehr war.

Beim Zuknöpfen bat er Julia, Geld und das Etui mit seinen Kreditkarten aus der rechten Sakkotasche in den dunklen Anzug zu geben. Im nächsten Moment erinnerte er sich an den Zettel der Frau aus der U-Bahn. Der musste noch im Sakko sein. Er spürte Herzklopfen und einen Knoten im Hals. Sie wird es nicht bemerken, sie wird den Zettel nicht beachten, klang es beschwörend in seinem Kopf. Julia ließ die zusammengefalteten Geldscheine und das Etui in die rechte Tasche seines dunklen Anzugs gleiten. Dabei fiel der Zettel zu Boden.

"Lass ihn bitte liegen", presste Clemens hervor. Doch damit hatte er Julias Neugier geweckt. Vielleicht hätte sie sonst den Zettel gar nicht bemerkt. Sie bückte sich danach und öffnete den einmal gefalteten Zettel. Einige Sekunden blickte sie darauf, ihre Stirn zeigte Falten und sie schaute ihn fragend an.

"Wer ist Anna?"

Clemens rang nach Worten. Sollte er die Wahrheit sagen? Die Geschichte erschien ihm wenig glaubhaft und an den Haaren herbeigezogen. Es fiel ihm aber auch keine andere Story, keine einfache und unverdächtige Erklärung ein.

"Ich erzähl's dir später, mein Darling. Jetzt müssen wir uns beeilen."

"Es ist aber nicht so, wie du vielleicht denkst. Alles ganz harmlos", fügte er noch hinzu, während er in seine Anzughose schlüpfte.

Er nahm Julia den Zettel aus der Hand und steckte ihn zurück in das Sakko. Sie sah ihn dabei an, als wäre er von einem anderen Stern. Er versuchte, sie abzulenken.

"Komm, genießen wir den Abend, das Stück hat tolle Kritiken bekommen." Seine Stimme klang selbst in seinen Ohren unsicher und aufgeregt. In seinem Kopf prallte "Bitte nicht, bitte keinen Eklat" wie ein Pingpong von einem Punkt der Schädeldecke zum anderen.

Julias ernstes Gesicht erschien ihm umso bedrohlicher, weil sie kein Wort mehr sagte. Sie hatte die Lippen aufeinandergepresst und wendete sich barsch ab, als er sie küssen wollte.

Im Taxi kam sie wieder zu sich und forderte ihn zu einer Erklärung auf.

"Ja, ja natürlich. Aber bitte nicht im Taxi", versuchte Clemens Zeit zu gewinnen.

"Wann dann?", fragte Julia mit unwilliger Stimme. Sie hatte sich von ihm abgewendet und sprach zum

Seitenfenster.

Auch im Theater blickte Julia starr auf die Bühne. Sie drehte ihren Kopf nicht in seine Richtung, obwohl er sie immer wieder wie ein geschlagener Hund ansah. Als er ihre Hand ergreifen wollte, entzog sie ihm diese schnell und verschränkte die Arme.

Clemens bekam vom Stück nichts mit. Die Stimmen der Schauspieler drangen nicht in seine Ohren und sein Blick war durch seine inneren Nöte getrübt. Er versuchte klare Gedanken zu fassen, aber so sehr er sich auch abmühte und gegen die Wirrnis und Panik in seinem Kopf kämpfte, eine andere Geschichte fiel ihm nicht ein. In der Pause hielt sie Abstand zu ihm und war sichtlich froh, als sie eine Freundin bei der Bar stehen sah. Sie eilte zu ihr und stürzte sich nach dem üblichen Bussi-Bussi in eine exaltierte Unterhaltung. Clemens ließ sie links liegen. Sie stellte ihn nicht vor und ignorierte seine Anwesenheit. Als die beiden Freundinnen einen Platz zum Sitzen suchten, folgte er ihnen nicht.

'Warum übertreibt sie so? Sie hat mich schon verurteilt bevor ich alles aufklären kann. Ich habe doch nichts Schlechtes getan.'

Diese und andere Gedanken schwirrten durch seinen Kopf. Er wechselte vom Selbstmitleid zum Beleidigtsein, vom Groll zum Zorn.

'Ich brauche mir das nicht bieten zu lassen. Ich sollte einfach gehen.'

Aber schon beschäftigte er sich wieder damit, wie er die Geschichte erzählen könnte. Jedes Wort konnte entscheidend sein. Keinesfalls durfte er sagen, dass die Frau aus der U-Bahn wirklich gut ausgesehen hatte. Vielleicht sollte er sie hässlich machen oder ihr einen körperlichen Schaden andichten?

'Sie hatte ein Allerweltsgesicht, aber als sie aufstand, sah ich ihr wesentlich kürzeres linkes Bein. Ich habe den Zettel aus Mitleid genommen und dann vergessen.'

Nein, das klang auch nicht glaubwürdiger.

Er wurde von einem der Ordner angestupst und gebeten, wieder auf seinen Platz zu gehen, wenn er noch zuschauen wollte. Der Pausenraum hatte sich geleert, ohne dass Clemens es bemerkt hatte. Er ging wie in Trance zu seinem Platz. Hinter ihm wurden die Türen geschlossen und bevor er noch saß, begann der nächste Akt. Julia saß in betont aufrechter Position da. Sie fixierte die Bühne und hatte die Hände ineinander verschränkt auf dem Schoß liegen.

Der tosende Schlussapplaus riss Clemens aus seiner trüben Gedankenwelt. Er war benommen, wollte aber schnell ins Freie, um dort alles zu erklären. Wenn Julia ihn wirklich liebte, dann konnte sie doch gar nicht anders, als ihm letzten Endes zu glauben.

Clemens hatte einen Tisch in Julias Lieblingslokal reserviert, das gerade angesagt und ziemlich teuer war.

Der Edelschuppen befand sich in fußläufiger Entfernung vom Theater. Er wollte sich in Richtung des Lokals wenden und versuchte Julias Hand zu ergreifen, aber sie drehte sich weg.

"Gehen wir spazieren, und du erklärst endlich, was es mit dieser Anna auf sich hat."

Sie sah Clemens nun wieder an, jedoch mit einem strengen und kritischen Blick.

"Aber bitte keine Lügen und Ausreden. Ich werde die Wahrheit schon aushalten."

"Ok", begann Clemens stockend. "Es ist eh alles ganz harmlos, nur etwas ..."

"Fang schon an", fiel ihm Julia ungeduldig ins Wort.

Sie gingen langsam nebeneinander her und beide hatten den Blick zu Boden gerichtet. Clemens schluckte und begann erneut.

"Es war in der U-Bahn, nur einen Tag nach unserem ersten, du weißt schon. Ich war sehr gut drauf. Meine Verliebtheit war mir vermutlich anzusehen. Das dürfe auch der Grund gewesen sein, warum mich diese Frau aus heiterem Himmel angesprochen hat. Sie hat mir Komplimente gemacht, hat gesagt, dass ich so fröhlich und zufrieden wirke. Es war wirklich peinlich. Beim Aussteigen hat sie mir dann diesen blöden Zettel in die Hand gedrückt. Ich war total perplex und habe ihn ohne nachzudenken in die Sakko-Tasche gesteckt. Das war's auch schon. Ich habe diese

Frau nie wieder getroffen und sie auch sofort vergessen, genauso wie den Zettel."

Eine kurze Pause trat ein, in der nur ihre Schritte zu hören waren.

"Das ist die ganze Geschichte?", fragte Julia mit spöttischem Unterton. "Und das soll ich dir glauben?"

"Ich weiß, dass es ungewöhnlich ist, wenn eine Frau einen Mann in der U-Bahn anbaggert. Aber es war so. Glaub mir doch bitte."

Er versuchte sie an sich zu ziehen, wollte ihr mit Küssen seine Liebe beweisen, aber sie drängte ihn vehement mit beiden Händen weg.

"Lass mich. Ich muss das erst verdauen."

"Aber Julia, es war genau so. Vollkommen harmlos. Ich liebe doch nur dich. Andere Frauen sind mir egal."

"Komisch nur, dass du den Zettel immer noch hast und ihn sogar in deiner Sakkotasche aufbewahrst."

"Der Zettel ist komplett unwichtig. Ich werde ihn sofort zerreißen und wegwerfen, sobald wir wieder zu Hause sind."

Julia blieb plötzlich stehen. Sie bewegte sich einen Schritt zurück und sah ihn mit verzerrtem Gesicht an, als hätte sie plötzlich starke Schmerzen. Clemens war erstaunt, wie hässlich ihr Gesicht sein konnte.

"Ich glaube dir nicht. Du hast dir nicht einmal Mühe mit dieser plumpen Ausrede gemacht. Vor kurzem hast du nach einem anderen Parfum gerochen. Das hätte mir schon zu denken geben müssen, aber ich war so blöd und habe meine Zweifel zur Seite geschoben."

"Julia, bitte" Er bewegte sich auf sie zu. Sie wich sofort zurück und schrie ihm die nächsten Worte entgegen.

"Ruf sie doch an, deine Anna. Dieses Wochenende hast du Zeit dafür."

Sie drehte sich um und ging mit schnellen Schritten davon. Clemens konnte noch ihr Schluchzen hören.

"Julia, bitte. Das ist doch lächerlich."

Er blieb wie angewurzelt stehen. "I love you", schrie er nun in ihre Richtung. Sie drehte sich nicht um und entfernte sich immer mehr.

"Scheiß drauf, Scheißweiber." Er erschrak über seine eigenen Worte, die Julia zum Glück nicht mehr hören konnte. Der Klang ihrer Stöckelschuhe war längst verhallt. Clemens ärgerte sich trotzdem über seine verbale Entgleisung.

‚Das ist doch ein typischer Spruch von Tom. Das mag ich nicht an ihm.'

Dieser kurze klare Gedanke wurde aber vom schnell aufziehenden Gewitter in seinem Kopf weggeschwemmt. Tausende Blitze schlugen ein. Einer folgte auf den anderen, so schnell, dass sie nicht zu fassen waren. Erst später kamen die Leere und die Dunkelheit.

Clemens ging in eine Bar und bestellte einen Whiskey Sour. Nach dem zweiten Glas stieg er aber auf Mineralwasser um. Er wollte sich nicht betrinken. ‚Das wäre ja wie in einem schlechten Film', sagte er zu sich. Er hörte Lachen und laute Stimmen, die durcheinander sprachen, aber von ihm nahm niemand Notiz. Clemens fühlte sich schrecklich einsam. Er versuchte Tom, seinen langjährigen Schulfreund, zu erreichen, landete aber nur in seiner Mailbox, die Tom fast jede Woche mit einem neuen Text besprach, der seiner Meinung nach lustiger und origineller war als alle vorherigen.

"Sie wollen sicher mit Tom sprechen. Da ist Geduld angesagt. Sie können auflegen oder Name und Nummer aufsprechen. Nur so gibt's eine Chance auf einen Rückruf." Clemens klickte auf Beenden.

Es war spät, als er nach Hause kam. Er spürte eine bleierne Müdigkeit, aber Clemens konnte trotzdem kaum schlafen. Zeitweise döste er vor sich hin, dann drehte er wieder das Licht auf und sah zur Decke. 'Nur nichts denken', versuchte er sich einzureden.

Der Morgen kam trotzdem und Clemens musste sich sehr beherrschen, Julia nicht schon vor zehn Uhr anzurufen. Er versuchte, sich bis dahin abzulenken und entschloss sich, trotz spürbarer Erschöpfung und starker Kopfschmerzen joggen zu gehen. Schon nach wenigen Minuten musste er aufgeben und die kurze Strecke langsam zurückgehen. Er stellte sich unter die kalte Dusche und hörte erst damit auf, als er sich komplett durchfroren fühlte und zu zittern begann.

Kurz vor zehn rief er Julia an. Es meldete sich ihre Mailbox. Er legte sofort auf, versuchte es aber eine Minute später noch einmal. Diesmal hinterließ er eine Nachricht.

"Julia, bitte, bitte ruf mich zurück. Mir geht es sehr schlecht. Ich liebe dich doch so sehr und kann ohne dich nicht leben."

Er wartete vor dem Handy sitzend, dann auf und ab gehend. Das Handy blieb stumm. Clemens versuchte es in länger werdenden Abständen immer wieder. Er musste sich zusammennehmen, nicht auf die Mailbox zu schreien. Wie gemein sie doch wäre und dass er das nicht verdient hätte.

Gegen Mittag rief er dann Tom an. Clemens war überrascht, dass dieser sich meldete.

"Clemens, hast schon senile Bettflucht oder ist dir Julia davongelaufen?"

Wie konnte Tom das wissen? Er wusste es natürlich nicht, es war nur ein Produkt seines üblichen Zwangs, etwas Lustiges oder Spöttisches zu sagen.

Sie verabredeten ein Treffen in ihrem Kaffeehaus um vierzehn Uhr. Clemens sagte zwar, dass es dringend wäre, aber Tom musste erst seine nächtliche Begleitung verabschieden und sich frisch machen.

Clemens war gute zwanzig Minuten zu früh dran. Er war zu unruhig, noch länger zu Hause zu bleiben.

Aus Erfahrung wusste er zwar, dass Tom sich sicher verspäten würde, aber das war ihm in seinem Zustand egal.

Das Kaffehaus hatte sich über die Jahre kaum verändert. Es war mit Thonetsesseln, Marmortischen und rotsamtenen Sitzecken möbliert und strahlte Alt-Wiener Nostalgie aus. Das Publikum war bunt gemischt. In der letzten Zeit kamen auch vermehrt Touristen. Der Kellner, der trotz Pensionierung noch immer dort aushalf, hatte ihm erzählt, dass es seit letztem Jahr eine Empfehlung von Lonely Planet gäbe.

Er bestellte einen doppelten Espresso und ein Weizenbier. Eine eigenartige Kombination, fand auch Clemens. Es war ihm aber danach. Den Espresso stürzte er sofort hinunter, mit dem Bier wollte er sich Zeit lassen. Die Zeitungen blätterte er schnell durch. Es interessierte ihn nichts. Aber selbst wenn er einen interessanten Artikel gefunden hätte, wie sollte er diesen sinnerfassend lesen können? Er konnte sich nicht einmal auf einen einzelnen Gedankenstrang konzentrieren, das Weizenbier, welches er viel zu schnell trank, würde auch nicht helfen.

Als Tom endlich durch die Tür trat, wie immer schrill und bunt gekleidet, bemerkte ihn Clemens gar nicht, denn er döste mit gesenktem Kopf vor sich hin.

Tom trat an den Tisch heran und rief "Tagwache!"

Clemens hob den Kopf und sah ihn erschrocken an.

"Idiot. Geht's auch anders?"

"Wenn du willst, geh ich wieder."

Tom grinste ihn triumphierend an und ließ sich mit einem lauten theatralischen Seufzer in den gepolsterten Stuhl gegenüber fallen. Er bestellte ein Frühstück. Auch Clemens verspürte jetzt Hunger und tat es ihm gleich.

"Schieß los. Was ist so dringend. Übrigens siehst du Scheiße aus."

Clemens ignorierte das Kompliment und begann zu erzählen. Es fiel ihm zunächst schwer, zusammenhängend zu reden, die Geschichte so zu erzählen, dass Tom folgen konnte. Er begann mit dem Eklat wegen des gefundenen Zettels, der Trennung nach dem Theater und endete mit einer ausführlichen Beschreibung der Begegnung mit Anna. Es war ungewöhnlich, dass Tom konzentriert zuhörte und nur dann unterbrach, wenn Clemens sich in Details verrannt hatte, die für das Geschehene nicht wichtig waren.

Keine Spur von Toms pseudolustigen Bemerkungen. Clemens war mit seinem Bericht fertig, er wollte mit dem Beklagen seiner tristen Zukunft fortsetzen. Aber Tom bremste ihn mit einer Handbewegung ab.

"Warte mal. Ich muss erst verinnerlichen, was passiert ist, bevor du mich anzujammern beginnst."

Er lehnte sich zurück, machte ein nachdenkliches Gesicht und brachte dann trotzdem nichts Anderes als "Warum sind die Weiber nur so kompliziert" hervor.

Clemens nervten diese Sprüche. Er musste auch gleich an seine Entgleisung von gestern Abend denken.

"Hör auf mit dem blöden Gerede. Sag mir lieber, was ich tun soll."

"Ich geh eine Zigarette rauchen. Das hilft mir beim Nachdenken. Kommst mit? Frische Luft täte dir gut."

Clemens schüttelte den Kopf.

"Nein geh nur. Aber komm nur zurück, wenn du eine gute Idee hast. Und ja keinen blöden Spruch."

Warum sollte ausgerechnet Tom einen brauchbaren Weg vorschlagen können? Es hätte auch keinen Sinn gemacht, wenn er mit Julia redete, da sie Tom nicht mochte. Er war ihr zu schrill und exaltiert.

Clemens blickte auf sein Handy, aber es wurden keine neuen Nachrichten angezeigt.

Tom kam mit seinem typischen triumphierenden Grinsen zurück. Er wiegte sich hin und her und rief schon aus 5 Metern Entfernung "Ich hab's. Du wirst staunen."

"Also", begann er, während er sich wieder in den gepolsterten Stuhl fallen ließ. "Du musst diese Anna anrufen und Sie bitten, deine Aussagen bei Julia zu bestätigen. So von Frau zu Frau."

Er sah Clemens erwartungsvoll an, der aber keine Regung zeigte.

"Kannst ruhig ein wenig begeistert sein. Vorausgesetzt natürlich, es stimmt wirklich, was du mir erzählt hast. Klingt ja schon etwas konstruiert, das Ganze."

Er beugte sich vor und klopfte Clemens auf die Schulter.

"Wach auf, Alter. Du musst handeln, nicht deprimiert herumsitzen."

Clemens Lippen bewegten sich und schlossen sich wieder.

Gleich darauf schüttelte er energisch den Kopf. "Das geht nicht, Julia würde so ein Treffen nie akzeptieren. Außerdem habe ich den Zettel gestern Nacht zerrissen und weggeworfen und heute das Altpapier in die Tonne gebracht."

Tom sah ihn entgeistert an. "Warum das, bitte?" Clemens überlegte kurz, es erschien ihm nun selbst ziemlich dumm.

"Vielleicht wollte ich auf das Wiedersehen mit Julia vorbereitet sein. Ich hätte ihr guten Gewissens sagen können, dass es den Zettel nicht mehr gibt, dass ich ihn sofort vernichtet habe."

Tom schien nicht mehr zuzuhören und hatte die Nase in die Luft gestreckt. "Frischer Apfelstrudel." Schon hatte er den Kellner, mit dem sie natürlich per Du waren, herbeigewinkt. "Zwei Apfelstrudel bitte", und zeigte dabei auf Clemens und sich selbst. "Kaffee dazu?", fragte der Kellner. Sie nickten beide.

"Vielleicht kannst du diese Anna wiederfinden. Sie wird ja nicht nur einmal mit der U-Bahn gefahren sein." Tom steckte ein großes Stück des Strudels in seinen Mund.

"Ich weiß nicht, ich will keinen Fehler machen. Es steht zu viel auf dem Spiel für mich."

"Der größte Fehler ist, nichts zu machen", kam wegen des vollen Mundes etwas undeutlich von Tom zurück.

"Überleg's dir in Ruhe. Ich muss gleich gehen, aber du kannst mich jederzeit anrufen."

Clemens blieb noch lange sitzen und gab sich seinen Gedanken hin. Ein dunkler Schatten lag über ihm, er spürte einen dumpfen Schmerz in seiner Brust, der nicht vergehen wollte.

'Warum nur, warum? Dieser blöde Zettel. Ich hätte ihn sofort wegwerfen sollen.'

Auch in den folgenden Tagen versuchte er Julia zu erreichen. Er schrieb Nachrichten, in denen seine Verbitterung immer mehr zum Vorschein kam, und sprach auf ihre Mailbox in einem flehenden und weinerlichen, später dann in einem ungehaltenen und vorwurfsvollen Ton. Er schwor seine vorbehaltlose Liebe zu ihr, bat sie um Antwort, wie immer die auch ausfallen sollte, und gewöhnte sich doch langsam daran, dass sie sich nicht meldete.

'Ich bin ihr nicht einmal eine abwehrende Nachricht

wie <Lass mich in Ruh> wert.´

An einigen Tagen ging er um neun Uhr in die Empfangshalle des Bürogebäudes hinunter und wartete dort fast eine Stunde, aber Julia war wie vom Erdboden verschluckt. Er fasste sich ein Herz und fragte in ihrem Büro nach. Eine von Julias Kolleginnen, die er auch flüchtig kannte, zeigte sich über seine Frage überrascht.

"Julia ist seit zwei Wochen auf Urlaub. Komisch, warum bist du dann da?"

Clemens musste die Tränen zurückhalten. So gerne hätte er sich jetzt in die Arme der Kollegin geworfen und ihr schluchzend alles erzählt. Vielleicht würde sie ja ein gutes Wort für ihn bei Julia einlegen.

"Wann kommt sie zurück?" Seine Stimme zitterte.

"Hm, lass mich nachdenken." Sie blickte auf ihren Bildschirm, als stünde es dort geschrieben. "Nächste Woche ist sie wieder da."

Clemens bedankte sich kurz und drehte sich schnell zum Gehen um. Er wollte nichts erklären.

‚Ich muss etwas unternehmen. Ich muss Klarheit haben. Julia ist mir eine Antwort schuldig, egal wie sie ausfällt. Wenn es mit Julia nichts mehr wird, dann ist das halt so. Wenigstens bin ich dann frei. Wer weiß, was sich daraus ergibt. Vielleicht ist Anna immer noch so angetan von mir.´

Clemens hatte endlich wieder einmal gut geschlafen. Er nahm sich Zeit für das Frühstück, schlürfte mit Hingabe seinen Kaffee und zog den Vorhang zurück, um die Sonne in die Küche strahlen zu lassen.

Um welche Uhrzeit hatte er Anna in der U-Bahn getroffen? Er konnte es zwar nicht genau sagen, aber die Bandbreite musste überschaubar sein, da er jeden Tag zu einer ähnlichen Zeit ins Büro fuhr.

‚Ich werd's ausprobieren müssen. Sie wird ja nicht auch auf Urlaub sein.'

Möglichst systematisch wollte er die Suche nach Anna angehen. So wechselte er die Waggons während einer Fahrt, stieg bei derselben Station wie Anna damals aus und fuhr wieder zurück, um an einem Tag mehr als eine Chance zu haben. Am ersten Tag brachte das nichts ein. Obwohl er einen leichten Frust verspürte, war er doch entschlossen, es am nächsten Tag wieder zu versuchen. Er hatte eine Aufgabe, konnte endlich etwas tun.

Auch am folgenden Tag, an dem er etwas früher startete, hatte er keinen Erfolg. Ihm kamen erste Zweifel. Vielleicht hatte Anna ihren Wohnort oder die Arbeitsstätte gewechselt, vielleicht war sie krank oder doch - der Zufall konnte grausam sein - auf Urlaub. Möglicherweise lebte sie auch gar nicht mehr. Clemens verfiel erneut in den schon überwunden geglaubten Trübsinn. ‚Das hat alles keinen Sinn', dachte er.

Wie hoch war die Chance, eine Frau, der man einmal begegnet war und von der man nur den Vornamen – noch dazu einen nicht gerade seltenen - wusste, in dieser Millionenstadt zu finden? Wenn man 'Anna Wien' mit Google suchte, bekam man unzählige Ergebnisse zurück, von Anna Netrebko bis zu einem Restaurant, das Anna hieß. Die Suche nach Bildern brach er nach dem Durchblättern unzähliger Seiten frustriert ab.

Am nächsten Morgen wechselte er nicht mehr den Waggon. Er blickte sich zwar noch um, blieb aber resigniert am gleichen Platz stehen. Bei Annas Station beobachtete er die Ausgestiegenen, die den Aufgängen zustrebten, und plötzlich sah er sie. Er stürzte ohne Rücksicht zum Ausstieg und schaffte es gerade noch aus der U-Bahn, obwohl die Türen ihn schon einklemmten und er sie mit aller Kraft wieder aufdrücken musste. Anna war schon bei der Rolltreppe.

"Anna, Anna!", rief er aufgeregt. Sie drehte sich um und schaute in seine Richtung. Clemens winkte mit beiden Armen und lief auf sie zu. Keuchend und mit Schweißperlen auf der Stirn fragte er sie: "Erinnerst du dich an mich?" Ihr erstes Erstaunen war aus dem Gesicht gewichen, und sie lächelte ihn wie bei ihrer ersten Begegnung an.

"Klar. Du bist der sonnige Mann, den ich damals aus lauter Übermut angesprochen habe. Mit dir habe ich nicht mehr gerechnet."

Anna war in Eile. Es reichte aber, um ein Treffen für den Abend zu vereinbaren, um Sechs in der Bar Italiano, nur hundert Meter von dieser U-Bahn-Station entfernt.

Clemens kannte das Lokal nicht, aber dank Google sollte das kein Problem sein. Der Tag wollte nicht vergehen.

Clemens war viel zu früh in der Bar und blickte von der dunklen Ecke, die er gewählt hatte, auf den Eingangsbereich. Den doppelten Espresso hatte er längst ausgetrunken und nippte nun an dem dazu servierten Glas Wasser.

Wie sollte er Anna für sein Vorhaben gewinnen, ohne sie zu verletzen? Vielleicht machte sie sich doch noch Hoffnungen. Wenn seine Beziehung zu Julia endgültig vorbei wäre, dann konnte er sich gut vorstellen, mit Anna etwas anzufangen. Julia, Julia. Sollte er es nicht gleich bleiben lassen? Sie hatte sich so hartherzig gezeigt, nicht einmal eine Nachricht war er ihr wert. Und das nur wegen dieses Zettels.

Endlich erschien Anna. Sie blicke sich nach Clemens um, der sie in diesem Moment noch attraktiver fand als jemals zuvor.

‚Sie ist umwerfend und von natürlicher Eleganz',

dachte er. Erst als er aufgestanden war und ihr winkte, bemerkte sie ihn.

"In dieser dunklen Ecke willst du mich kennenlernen?", fragte sie mit einem Lächeln auf den Lippen. Sie wechselten an einen anderen Tisch und Clemens stellte sich vor.

"Clemens also, der Name passt gut zu dir." Sie holte ein silbernes Etui aus ihrer Handtasche und zündete sich eine Zigarette an. Erst da bemerkte Clemens, dass auch andere Gäste rauchten, manche sogar Zigarre. Clemens war Antiraucher, aber das musste jetzt egal sein.

"Also, warum willst du mich plötzlich doch kennenlernen?"

Das war ein schlechter Beginn für Clemens. Sie würde schon bald erkennen, dass er ihr nur nachgerannt war, um seine Beziehung mit Julia zu retten. Es musste ein Affront für Anna sein, wenn er sie nur als Mittel zum Zweck betrachtete und nicht als eine Frau, die man begehrte.

Diese Bedenken brachten Clemens zum Stammeln, als er zu reden begann.

"Ich möchte vorausschicken, dass ich dich sehr attraktiv finde und auch wahnsinnig sympathisch. Ich mag deine offene und fröhliche Art. Das war schon beim ersten Mal so."

"Und? Was ist das Aber?"

Clemens stockte erneut. Er nahm ihre Hand und sie

ließ es geschehen. "Darf ich dir eine ungewöhnliche Geschichte erzählen?"

Sie blickte ihn verdutzt an und nickte. Jetzt sprudelte es aus Clemens heraus. Er konnte nicht aufhören, alles im Detail zu berichten. Er versuchte sich als treuen Mann darzustellen und trotzdem Anna immer wieder Komplimente zu machen. So als wäre Julia eine eingegangene Verpflichtung, weshalb er Anna leider nicht zu nahe kommen durfte. Anna hatte sich zurückgelehnt, ihm längst wieder ihre Hand entzogen und eine weitere Zigarette geraucht. Sie sah ihn dabei in einer Art und Weise an, die Clemens verunsicherte. Als er fertig erzählt hatte, saß sie mit verschränkten Armen und gesenktem Kopf vor ihm. Es folgte ein langes Schweigen, das Clemens nicht zu beenden wagte.

"Ok", sagte sie plötzlich und hob den Kopf.

"Ich mache es. Gib mir bitte ihre Telefonnummer. Ich werde versuchen, sie alleine zu treffen."

Clemens nickte aber brachte kein Wort heraus. Was er sich im Moment dachte, konnte er nicht sagen: 'Das ich nicht mehr nötig, ich würde lieber dich näher kennenlernen'. Anna war aufgestanden.

"Gib mir bitte deine Telefonnummer, damit ich dir Bescheid geben kann, wie das Treffen mit deiner Julia verlaufen ist."

Erst nachdem Anna gegangen war, fiel ihm ein, dass er sie nicht erreichen konnte. Er hätte aber ohnehin nicht zu gestehen gewagt, dass er ihren Zettel weggeworfen hatte.

Clemens war keineswegs zufrieden. Er hatte sich zwischen zwei Stühle gesetzt. Julia würde hart bleiben, ein Treffen mit Anna vermutlich ablehnen, und Anna war die Enttäuschung, dass er nichts von ihr wollte, im Gesicht abzulesen gewesen.

'Ich habe es wieder mal verbockt. Das alles ist so verworren, da kann nichts mehr draus werden.' Clemens hob die Hand und bestellte einen doppelten Whiskey.

Das Wochenende nahte. Endlich meldete sich Tom wieder. "Samstag, Frühstück im Kaffeehaus. Zehn Uhr". Ebenso kurz und bündig war das "OK, bis morgen" von Clemens.

Am Samstag saß Clemens schon um neun Uhr im Kaffeehaus. Er wäre auch schon früher gekommen, aber es öffnete am Samstag nicht eher. Während der Nacht war er erneut mit seiner ausweglosen Situation beschäftigt. Anna konnte er nicht erreichen, er war auf ihren guten Willen angewiesen. Würde sie sich wieder melden? Und vor allem, wann? Er überlegte, ob er im Laufe des Tages Julia anrufen sollte. Jetzt war es zu früh, aber eine Nachricht könnte er ihr schreiben. Er tippte "Hi Julia, welcome back from holidays" in sein Smartphone und löschte es bis auf "Hi Julia" wieder. Kurz verharrte er und versuchte einen besseren Text zu finden. Kopfschüttelnd legte er das

Smartphone auf den Tisch. Was wollte er Julia eigentlich mitteilen? 'Jetzt reicht's. Ruf endlich zurück, wenn dir noch etwas an unserer Beziehung liegt. Und wenn nicht, dann schreib, dass es aus ist. Deine Zicken, dein Beleidigtsein habe ich satt. Nur wegen dieses harmlosen Zettels. Das ist doch nicht normal ..."

Er erschrak, als Tom ihn an der Schulter rüttelte und viel zu laut fragte: "He Alter, führst jetzt schon Selbstgespräche?" Clemens erster Impuls war, Tom wegzustoßen, ihn zu schlagen, zu Boden zu werfen und mit den Füßen zu treten. Aber mehr als ein scharfes "Lass mich in Ruh" kam nicht. Tom, noch immer aufgeräumt, hob die Augenbrauen wie ein schlechter Schauspieler, der sein ärgerliches Erstaunen zum Ausdruck bringen will.

Sie bestellten Ei im Glas, Buttersemmel und Kaffee. "Was ist los?" Tom sah Clemens wieder freundlich und erwartungsvoll an.

Clemens erzählte von der Begegnung mit Anna und dass Julia die ganzen Wochen auf Urlaub gewesen war.

"Klingt doch nicht schlecht. Wenn Anna nicht ungeschickt ist, dann hast du doch gute Chancen. Der Urlaub wird Julia auch gutgetan haben. Sie wird jetzt entspannter sein und längst Sehnsucht nach dir haben."

Clemens war das Gespräch mit seinem Freund plötzlich lästig. Er wollte dieses optimistische, ihm oberflächlich erscheinende Gewäsch nicht mehr hören. Er schloss die Augen und hätte das gerne auch seinen Ohren befohlen. Tom hatte aufgehört, ihm gut zuzureden.

"Kennst du das Bild mit den drei Affen?"

Clemens reagierte nicht. Er versuchte, sich mit seinen Gedanken an einen anderen Ort zu beamen.

"Ok, Ok, wie kann ich dir helfen, Clemens?"

"Gar nicht. Du bist für sowas nicht der Richtige."

Er stand auf und zahlte an der Theke.

"Clemens, setz dich wieder hin. Du verhältst dich ja schon wie eine hysterische Frau."

Tom war aufgestanden und wollte Clemens zurückhalten, aber der schüttelte ihn ab und verließ ohne sich umzudrehen das Lokal.

Die nächsten Stunden wanderte er ziellos durch die Stadt, kam in Gegenden, wo er noch nie zuvor gewesen zu sein glaubte. Er konnte sich aber auch irren, da er nur wenig von seiner Umgebung wahrnahm. Zu sehr bedrängten ihn seine immer schneller kreisenden Gedanken, die kein Ende fanden, keine Erkenntnis oder Erlösung brachten, nur immer wieder in neuen Verkleidungen auftauchten.

Der SMS-Ton seines Handys riss ihn aus dieser dunklen Welt. Die Nachricht stammte von einer unbekannten Nummer: ‚Treffe mich morgen Nachmittag mit deiner Julia. Ciao, Anna.'

Clemens las die Nachricht immer wieder und speicherte dann Annas Nummer in seinen Kontakten. Er antwortete mit 'Danke' und tippte gleich auch eine Nachricht für Tom: 'Sorry, aber es geht mir nicht gut'.

Sonntag. Clemens hatte einen aufwühlenden Traum gehabt, konnte sich aber nicht mehr an Details erinnern. Noch vor dem Frühstück joggte er mehr als eine Stunde durch die Praterauen. Während des Laufens schien sich alles zum Guten zu wenden. Die Knoten in seinem Kopf lösten sich auf. "Alles wird gut werden", dachte er sich im Takt seiner Schritte wieder und wieder. Der kalte Wind war wie eine Erfrischung für seine Gedanken. Sie wurden von allen Untiefen und schwarzen Verfärbungen gereinigt. Der Wind und die gleichförmige Bewegung sorgten für Klarheit in seinem Kopf. Seine Schritte gaben der Zeit ihren Takt und unterteilten sie in viele kleine, belanglose Einheiten, die sich selbst genügten.

Dann kam das Warten, das umso quälender erschien, weil das Ende nicht abzusehen war. Vielleicht würde er heute gar nichts mehr erfahren.

Endlich, am späten Nachmittag meldete sein Smartphone eine neue Nachricht. Nicht von Anna, sondern von Julia selbst.

‚Bin vom Urlaub zurück. Wir können uns heute Abend noch treffen, wenn du magst. Kuss, Julia.'

Clemens ließ sich Zeit mit der Antwort an Julia. Er wollte sie ein wenig zappeln lassen und sich auch noch in Ruhe überlegen, was er schreiben sollte. Die Bandbreite war groß, von "Endlich, ich liebe dich wie nie zuvor" bis "Ich bin so enttäuscht von dir" oder "Sehr gerne, aber heute Abend habe ich schon etwas vor."

Noch während er die Antwort an Julia zu formulieren versuchte, erhielt er eine Nachricht von Anna: ‚Mission completed :-) Jetzt stehst aber in meiner Schuld!'

Hm, Schuld, warum Schuld? Aber hatte sie nicht Recht? Er würde sie zum Essen einladen und einen großen Blumenstrauß mitbringen. Gleich darauf tippte er ohne weiteres Zögern und Nachdenken die Nachricht an Julia ein.

‚Meine liebe Julia. Ich freue mich. Was hältst du von deinem Lieblingslokal um halb acht? Hugs and kisses, C.'

Die Antwort kam prompt: ‚Ja, sehr gerne. Bis dann. Ich umarme dich, Julia.'

Clemens musste sich beeilen. Er konnte sich nicht entscheiden, was er anziehen sollte. Schließlich wählte er schwarze Jeans, ein weißes Hemd und ein blau gestreiftes Designer-Sakko, das ihm Julia zum Geburtstag geschenkt hatte. Er wachste seine Haare und sprühte zu viel Parfum auf sein Hemd.

Fast hätte er vergessen, einen Tisch zu reservieren.

Sonntagabend um diese Zeit war aber kein Problem. Das Lokal würde sich erst nach der Theatervorstellung wieder füllen.

Clemens war – wie es seine Art war - schon zehn Minuten vor der vereinbarten Zeit im Restaurant. Er hatte unterwegs noch rote Rosen besorgt und freute sich auf Julia. Das lange Warten spülte aber erneut seine erlittene Kränkung an die Oberfläche.

‚Ich werde ihr verzeihen, wenn sie … ja, wenn?' Das Wort Entschuldigung drängte sich immer wieder in den Vordergrund. ‚Es tut mir leid.' oder ‚Sorry, dass ich so überreagiert habe.' wären passende Worte. Je länger Clemens wartend da saß und sein Ärger über die ihm bekannte Unpünktlichkeit von Julia stieg, desto mehr wuchs in ihm der Anspruch nach einer untröstlichen Julia, die gar nicht mehr damit aufhören konnte, ihn immer wieder und wieder um Verzeihung zu bitten. Mit einem gönnerhaften 'Lass gut sein' würde er nach einigen Minuten ihr Bitten und Flehen beenden, sie gütig in den Arm nehmen und dann ihre kullernden Tränen, die ihr Makeup schon in Mitleidenschaft gezogen hatten, mit Küssen trocknen.

Clemens war aufgesprungen, um Julia aus dem hellen Mantel zu helfen. Sie lächelte, hauchte ein Danke und fragte ihn, ob sie nicht auf seinem Platz sitzen könnte. Sie hatte gerne einen Überblick über das Geschehen. Das hätte Clemens wissen müssen.

Sie hatten sich zur Begrüßung nicht geküsst, saßen sich nun gegenüber und hielten beide die Hände des anderen. Dabei sahen sie sich schweigend eine ganze Weile an. Beide hatten die fast identische Miene aufgesetzt, die Wohlwollen zeigen sollte.

"Schön, dich wieder zu sehen", begann Clemens.

"Finde ich auch. Du hast eine richtig nette Bekannte."

Bevor Julia zu erzählen begann, schauten sie kurz in die Speisekarte, um dann das Übliche zu bestellen.

"Sind die Blumen für mich?"

"Ja, klar. Jetzt habe ich sie in der Aufregung vergessen."

Clemens überreicht ihr die in Zellophan eingepackten Rosen.

"Für dich. Auf unsere Liebe." Clemens kam dieser Satz gleich übertrieben vor. Er wusste ja noch gar nicht, wie sich Julia verhalten würde. Sie begann von ihrer Begegnung mit Anna zu erzählen.

„Hier ist Anna, die aus der U-Bahn. So hat sie sich bei mir gemeldet. Im ersten Moment wollte ich auflegen, aber Anna hat einfach zu reden begonnen und mich durch ihre einfühlende Art und ihrer sympathischen Stimme in den Bann gezogen."

Julia hielt kurz inne und sah Clemens fragend an.

„Und weiter?"

„Wir haben uns in einem kleinen Lokal in ihrer Nähe

getroffen. Sie hat zunächst mich reden lassen, dabei aufmerksam zugehört und mitfühlend meine Hände ergriffen. Mir sind die Tränen gekommen, und sie hat mich gleich umarmt und getröstet. Das hat mir so gutgetan."

Clemens nahm ihre Hand.

„Jetzt ist alles wieder gut", sagte sie zum vorläufigen Abschluss, denn das Essen wurde soeben serviert. Sie beugte sich zu Clemens und hielt ihren Mund in Erwartung eines Kusses hin. Clemens konnte gar nicht anders, als sie zu küssen. Als sich ihre Zungen gefunden hatten, durchströmte ihn ein wohliges Gefühl. Er spürte auch eine beginnende Erektion, aber Julia hatte sich ihm schon wieder entzogen. Die Unterhaltung wurde immer angeregter. Wie Kinder, die sich nach den großen Ferien zum ersten Mal wieder in der Schule sahen, sprudelte es aus ihnen heraus. Julia erzählte von ihrem Urlaub, sie hatte eine Freundin in Madrid besucht und war dann gemeinsam mit ihr durch das südliche Spanien gereist. Clemens berichtete ausführlich über den letzten Tratsch im Büro, den er voller Übermut kräftig übertrieb.

Der Abend endete bei Clemens im Bett. Der Sex kam wie eine Sturmflut über sie. Julia war leidenschaftlicher denn je. Bevor sie einschliefen, übertrafen sie sich gegenseitig mit Koseworten und Liebeserklärungen.

Das Leben war nun wie früher, nein, noch viel besser.

Alles schien vergessen zu sein. Clemens stürzte sich in immer neue Liebesbezeugungen für Julia, schenkte ihr frische Blumen, obwohl der vorherige Strauß erst zwei oder drei Tage alt war, und sendete ihr mehrere Liebes-SMS im Verlauf eines Tages. Gegen Abend hin steigerte er die Frequenz.

‚Meine Sehnsucht ist so groß, noch 1 Stunde ohne Kuss von dir.'

‚In 20 Minuten kann ich dich endlich umarmen und mit meinen Küssen überhäufen.'

‚Mit jeder Stunde meines Lebens liebe ich dich noch mehr.'

Er hatte einen Ehrgeiz darin entwickelt, seine Liebeserklärungen von Tag zu Tag zu steigern. Julia antwortete meist sehr kurz und wenig einfallsreich mit ‚I love you too' oder ‚Miss you so much'.

Gut zwei Wochen später fragte Julia nach dem Sex, ob es ihm nicht auch schon zu viel sei. Sie hätte kaum noch Zeit für etwas Anderes als ständig neue Liebeserklärungen zu lesen und zu schreiben, seine Aufmerksamkeiten gebührend zu loben, mit denen er sich täglich auf Neue übertraf, und lange Telefonate mit ihm zu führen, in denen es nur um die Liebe ging und wie man diese großartige Liebe aufs Neue zelebrieren könnte. Dabei küsste sie Clemens am ganzen Körper, um ihm zu zeigen, dass sie das sehr liebevoll meinte.

Er musste ihr Recht geben. Immer länger musste er über seine Texte nachdenken, die möglichst keine Wiederholungen früherer Nachrichten sein sollten. Bürokollegen hatten ihn schon darauf angesprochen, dass er meist abwesend wirke und ob sie etwas für ihn tun könnten. Für Clemens war es wie ein Wettkampf gegen einen unbekannten Gegner. Er war Julia dankbar, dass sie das Ende dieser Übertriebenheit eingeläutet hatte.

Ihr Umgang miteinander wurde wieder normal, ohne diese Aufgeregtheit und dieser fast schon zwanghaften Beschwörung ihrer Liebe. Clemens fühlte eine wieder gewonnene Unbeschwertheit und Leichtigkeit. Beim Sex waren sie immer noch sehr leidenschaftlich, aber sie gingen vermehrt und wie selbstverständlich auch ihre eigenen Wege. Julia traf Freundinnen und Clemens hatte wieder mehr Zeit für Sport oder ging mit Tom auf ein oder auch mehrere Biere. Manchmal aber, wenn er abends alleine zu Hause war und Julia mit Freundinnen unterwegs, schlichen sich wieder die erlittene Kränkung und Zweifel in seine Gedanken, ob denn Julia seine Liebe verdiente. Sie hatte sich nie entschuldigt, ihr Verhalten rund um den Anna-Zettel nie bedauert. Clemens nahm vermehrt und deutlicher ihre unangenehmen Seiten wahr, ihre Unpünktlichkeit, ihren Egoismus und ihre Zickigkeit bei kleinsten Anlässen. Er verstummte dann und nur ihre Zärtlichkeit oder Leidenschaftlichkeit konnten seinen Hader und seine Frustration vertreiben. Wenn sie dann spätabends noch kurz telefonierten, übertraf er sich wieder in liebevollen Worten und dem Aussprechen von Umarmungen und tausenden Küssen. Die Zweifel und die Kränkung waren für kurze Zeit wie weggeblasen. Wenn sie dann aufgelegt hatten, stellte sich ein Gefühl von Leere ein.

Immer öfter wurde ein aufgeweckter Clemens ohne erkennbaren Grund von einem missmutig schweigenden Clemens abgelöst. Julia sprach Clemens auf seine Stimmungsschwankungen an. Er versuchte sich auf „zu viel Stress" auszureden. Aber auch sie hatte sich wieder von Clemens entfernt. Sie war überzeugt davon, dass dies nur auf das schnell wechselnde und unberechenbare Verhalten von Clemens zurückzuführen war.

Eines Abends fühlte sich Clemens plötzlich krank, von einer Sekunde auf die andere. Im Büro ging es ihm noch sehr gut, er scherzte mit Kollegen und flirtete mit einer Sekretärin, die schon seit längerem seine Nähe suchte. Kaum hatte er die Wohnungstür hinter sich zugeworfen, überfiel ihn ein Schweißausbruch gefolgt von Schüttelfrost. Er fühlte sich heiß und so schlapp, als hätte man ihn mit einer schnell wirksamen Substanz sediert. Es blieb ihm nichts Anderes übrig, als sich ins Bett zu legen. Er steckte den Fieberthermometer in seine Achselhöhle und wartete auf das Piepen. Fast vierzig Grad zeigte das kleine

Display. Clemens griff sich erschrocken an die Stirn, die sich wie glühende Kohlen anfühlte.

Julia rief an. Sie hatten unverbindlich vereinbart, dass sie heute gemeinsam ausgehen wollten.

"Ich habe hohes Fieber", krächzte er in sein Smartphone. Clemens hatte auf jede Begrüßung verzichtet und Julia erst gar nicht zu Wort kommen lassen. Es trat eine kurze Pause ein, in der sich Clemens auf einmal sehr leid tat.

"Oh, du Armer", kam es zurück. "Kann ich etwas für dich tun, brauchst du etwas?"

"Nur Ruhe." Clemens wollte tapfer wirken, und er spürte auch eine innere Abwehr gegen Julias Anwesenheit. Er konnte sie jetzt nicht brauchen. Sie würde hektisch sein und ständig neue Vorschläge für seine rasche Gesundung machen. Julia schien nicht unglücklich darüber zu sein, dass Clemens ihr Angebot ablehnte.

"Ruf mich an, wenn du mich brauchst. Und nimm bitte nicht zu viel Aspirin. Ich küsse dich, mein Liebster."

Clemens hörte den letzten Satz gar nicht mehr. Er hatte das Handy schon vom Ohr genommen und drückte auf Beenden.

Schweißgebadet wachte er mitten in der Nacht auf. Er hatte die Bilder des Traums noch vor Augen. Eine Krankenschwester in einem weißen Hosenanzug, die

Haare unter einer ebenso weißen Kopfbedeckung versteckt, warf ihm Medikamente zu. "Sie sind zu ansteckend", konnte er, gedämpft durch den hellgrünen Mundschutz, den sie trug, gerade noch verstehen. Sie drehte sich immer wieder im Kreis und streckte dabei ihre Hände im Rhythmus der Drehung in die Höhe. "Wer sind sie?" Ihre Stimme kam ihm trotz der Dämpfung durch den Mundschutz bekannt vor. Sie blieb stehen und schaute ihn ernst an. Sie zeigte aber so wenig von ihrem Gesicht, dass Clemens nicht mit Sicherheit sagen konnte, wer sie war. Es lag ihm aber auf der Zunge. An mehr konnte er sich nicht mehr erinnern.

Am nächsten Morgen wachte er erst gegen Neun auf. Er fühlte sich ein klein wenig besser.

Sein Handy piepte. Er sah die Nachricht von Julia am Display.

'Geht's dir schon besser? Darf mich nicht anstecken, weil ich am Montag zur Konferenz nach Berlin fliege, du weißt schon. Ruf an, wenn du Lust hast. Kuss, Julia.'

Clemens kam sein Traum von heute Nacht in den Sinn. "Ich hab's schon vorher gewusst, liebe Julia", sagte er halblaut zu sich selbst. Er nahm sich vor, sie nicht anzurufen.

Nachrichten von Julia ließ er unbeantwortet. Wenn

Sie anrief, meldete er sich mit gespielt schwacher Stimme. Er spürte aber seine Kräfte zurückkehren und beschloss, am Samstag ins Kaffeehaus zu gehen, um dort zu frühstücken.

Vielleicht würde sein Freund Tom auftauchen. Besser nicht, denn er verspürte wenig Lust, sich Toms Scherze anhören zu müssen oder gar in eine Diskussion über Was-auch-immer verwickelt zu werden.

Kurz vor Mittag war Tom immer noch nicht gekommen. Das Smartphone meldete eine neue Nachricht, aber Clemens ließ sich davon beim Zeitunglesen nicht stören. Es würde ohnehin nur eine SMS von Julia sein. Wieder zu Hause war er ziemlich überrascht, dass die Nachricht von Anna stammte.

'Hi Clemens, alles ok? Zeit für ein Treffen?'

Einerseits freute es ihn, dass sie sich gerührt hatte, aber andererseits, was könnte sie von ihm wollen? Was erwartete Sie von ihm? Clemens erinnerte sich an die SMS, in der sie geschrieben hatte, dass er in ihrer Schuld stehe. Er konnte sich aber nicht vorstellen, was sie damit meinen könnte. Diese Ungewissheit machte ihn unruhig. Vielleicht wollte sie eine Nacht mit ihm verbringen. Diesen Gedanken verwarf Clemens aber gleich wieder, so schätzte er Anna nicht ein. Er nahm sich vor, sie endlich zum Abendessen einzuladen, natürlich nicht in das Lieblingslokal von Julia. Clemens musste grinsen. Er stellte sich den Eklat mit Julia vor, konnte sich aber nicht entscheiden, ob sie eher am Absatz kehrtmachen oder ihm ihre Handtasche ins Gesicht schlagen würde, verbunden mit Schreien und Worten wie „Du Schuft, ich hab's schon lange geahnt. Du bist das Letzte für mich." Und zu Anna gewandt „Und du erst recht, falsche Schlampe."

Clemens beendete seinen Tagtraum abrupt.

‚Weg mit diesen blöden Gedanken. Du musst dir überlegen, wie du dich bei Anna meldest.'

Aber anstatt sich zumindest darüber klar zu werden, wie er das Gespräch beginnen wollte, griff er spontan zum Smartphone und rief sie an.

"Clemens, das freut mich aber."

Diese Herzlichkeit anstatt eines kühlen „Hallo" machte Clemens verlegen.

"Hallo Anna, wie geht es dir?"

"Gut, sehr gut sogar. Und dir?"

"Ich war krank, aber jetzt geht es wieder aufwärts."

Es dauerte eine Weile, bis Clemens endlich zum Punkt kommen und Anna zum Essen einladen konnte.

"Als Dank für deine tolle Arbeit als Beziehungs-coach", fügte er hinzu.

Er bat Anna um die Lokalwahl, und sie nannte prompt einen kleinen Vietnamesen, der noch ein Geheimtipp sei trotz der hervorragenden Küche.

"Montagabend, um Sieben Uhr. Ok?" Anna schien nicht lange herumreden zu wollen. Das war Clemens nur recht. Er hatte noch nie von diesem Vietnamesen gehört, sah aber nach Beendigung des Gesprächs gleich im Internet nach. Er konnte nur wenige Kritiken finden, die waren aber alle voll des Lobes.

Später telefonierte er noch einmal mit Julia. Es gehe ihm schon viel besser, ließ er sie wissen. Sie war schon beim Packen für ihre Geschäftsreise. Clemens wusste, dass sie dafür sehr viel Zeit benötigte.

"Du kannst mich am Mittwoch vom Flughafen abholen."

Er notierte Flugnummer und Ankunftszeit auf einem gelben Post-it und wünschte ihr eine gute und sichere Reise.

Am Montag kaufte Clemens einen fertig gebundenen Blumenstrauß, der überwiegend aus Gerbera und Nelken bestand und mit seinen Farben Gelb, Blau und Orange gut zu Anna passen sollte. Kurz vor Sieben betrat er das Lokal. Er war noch einige Runden gegangen, um nicht zu früh dran zu sein. Anna saß schon da, mit Blick auf den Eingang. Sie winkte Clemens einladend zu und machte in dem ärmellosen, strahlend roten Etuikleid, das mit ihrem schwarzen, schulterlangen Haar perfekt kontrastierte, einen so erfrischenden Eindruck, wie es Clemens noch nie bei einer Frau erlebt zu haben glaubte.

Ihr Dank für den Blumenstrauß war fast schon über-
schwänglich. Sie tauchten sofort in ein anregendes
Gespräch mit viel Lachen und einer Vertrautheit ein,
als würden sie sich schon lange kennen.

Clemens war hingerissen von ihren Augen, ihrer ge-
wählten und trotzdem natürlichen Sprache, und sein
Blick schweifte immer wieder über ihre Brust, die
sich in Harmonie mit ihren anmutigen Gesten hob
und senkte. Es war ihre gesamte Erscheinung, die ihn
so faszinierte. Julia war vielleicht hübscher und
schlanker, einfach mehr sexy. Annas Lebendigkeit
und freundliche offene Art machte dies aber mehr als
wett.

Nach dem Essen sahen sie sich eine ganze Weile an,
zufrieden und trotzdem erwartungsvoll. Clemens genoss diese wortlose Zuneigung. Er glaubte, dass
Anna genauso fühlte.

"Wie geht es dir mit Julia?" Die Frage kam unvermittelt und Clemens wollte im ersten Affekt etwas Bei-
läufiges und Unverbindliches antworten. So etwas
wie 'Ich glaube, gut. Sie ist bis Mittwoch auf einer Geschäftsreise.' Anna hatte aber sein Herz geöffnet und
so begann er von seinen ambivalenten Gefühlen, von
seinen Zweifeln und seiner immer stärker wachsen-
den Frustration zu erzählen.

Sie hörte ihm aufmerksam zu, sah ihm dabei unent-
wegt an und nahm schließlich seine beiden unruhigen Hände.

"Das tut mir leid für euch. Ihr müsst euch nach dieser

Pause erst neu finden. Die neue Anfangseuphorie scheint vorbei zu sein. Der Alltag ist die wahre Prüfung für eine Liebe."

Sie wartete auf eine Antwort von Clemens. Der wollte auch etwas sagen, wusste aber einfach nichts Passendes. Und ein Gemeinplatz schien ihm nicht akzeptabel, nicht bei Anna.

Schließlich fand er die Reglosigkeit unerträglich und gab seinen Gefühlen nach. Er beugte sich vor und küsste Anna auf den Mund, der sich öffnete und ihren Zungen ein erstes kurzes Kennenlernen erlaubte.

"Anna, mich hat's erwischt. Ich habe mich in dich verliebt."

Anna sah ihn leicht amüsiert an und wurde gleich darauf ernst.

"Clemens, ich empfinde auch mehr für dich, als ich zeigen kann. Denn ich will keinen Keil in deine Beziehung mit Julia treiben. Bitte kläre zuerst dein Verhältnis mit ihr und gib dir die nötige Zeit."

"Mir ist es heute klar geworden", begann Clemens und stockte wegen des lauten Räusperns in seinem Rücken. Er drehte sich um und sah Tom in seiner wie immer auffälligen Erscheinung ganz knapp hinter ihm stehen. Tom wirkte mit seinem roten Sakko und dem blau-grau gesprenkelten Hemd wie eine Schaufensterpuppe auf Clemens.

"Man darf dich nicht aus den Augen lassen." Tom zeigte ein breites Grinsen, seine Haltung drückte ein

‚Da bin ich' aus.

Mehr als ein empörtes "Was machst du denn hier?", brachte Clemens nicht heraus.

Tom hatte sich aber schon Anna zugewandt und stellte sich mit neugierigen Blicken vor. Er setzte sich zu ihnen und erzählte, dass er diesen Vietnamesen unbedingt ausprobieren wollte, bevor dieser zum In-Lokal verkommen würde.

Anna schien kein Problem mit Toms Anwesenheit zu haben. Vieleicht war sie erleichtert, dass sie dadurch die Liebeserklärungen von Clemens nicht mehr ab-wehren musste. Sie fragte ihn interessiert aus und gab auf Toms ins Private dringende Fragen bereitwil-lig Auskunft. Clemens war abgemeldet. Er hörte scheinbar zu, war aber viel mehr mit seinem Ärger beschäftigt. Warum musste Tom genau hier und heute auftauchen? Clemens unterstellte ihm böse Ab-sicht, auch wenn er sich nicht erklären konnte, wie er von diesem Treffen erfahren haben sollte.

Als Tom aus dem Komplimente-Machen nicht mehr herauskam, unterbrach ihn Clemens barsch.

"Du willst sicher etwas essen und ich muss leider schon gehen." Dabei sah er Anna erwartungsvoll an. ‚Komm bitte mit', wünschte er sich insgeheim. Sie sprang ihm auch gleich bei, als wären sie ein einge-spieltes Paar. "Ja, ich hätte fast die Zeit übersehen. War schön, dich kennenzulernen. Übrigens Tom, we-niger ist mehr." Tom machte ein fragendes Gesicht und unterstrich das noch mit seinen angehobenen

Schultern und Händen. Anna blieb aber eine Erklärung schuldig.

Sie entfernten sich einige Schritte vom Lokal und umarmten sich dann. Annas Kopf wich aber aus, als Clemens sie zu küssen versuchte.

"Ich brauche Klarheit, Clemens."

Sie löste die Umarmung und sah ihn entschlossen an.

"Treffen wir uns in genau zwei Wochen wieder hier. Gleich, wie deine Entscheidung ausfällt."

"Ich habe mich doch schon entschieden", fiel ihr Clemens ins Wort.

"Vielleicht im ersten Überschwang, aber du musst es mit Julia klären und dir völlig sicher sein. Ciao, Clemens. Der Abend mit dir war schön."

Sie drückte ihm einen Kuss auf die linke und rechte Wange und ließ Clemens, der seine Sprache schon wieder verloren zu haben schien, zurück.

"Ja, finde ich auch", rief er ihr noch nach. "Ich hab mich in dich verliebt."

Clemens blickte auf die Anzeigetafel. Die Maschine aus Berlin war soeben gelandet. Da er sich sicher war, dass Julia mit einem größeren Gepäckstück geflogen war, stellte er sich auf weitere zwanzig Minuten Warten ein. Er selbst kam bei einer zwei bis dreitägigen Geschäftsreise immer mit einem kleinen Koffer aus, den man als Handgepäck mitnehmen konnte.

Nach einer halben Stunde wurde Clemens ungeduldig. Er griff zum Handy und rief Julia an. Prompt landete er in ihrer Mailbox. War ihr Handy noch immer im Flugmodus? Eher unwahrscheinlich, dachte Clemens, da er Julia als Handy-Junkie kannte.

Eine dreiviertel Stunde war nun seit der Landung vergangen. Vielleicht hatte sie den Flug versäumt, aber dann hätte sie ihm sicher eine Nachricht gesendet, oder?

Clemens rief Julia noch einmal an. Nach einigen Sekunden meldete sie sich nun doch.

"Wo bist Du? Ich warte seit einer dreiviertel Stunde auf dich." Clemens konnte den vorwurfsvollen Ton nicht unterdrücken.

"Oh Scheiße, dich habe ich total vergessen. Sorry, sorry, sorry. Ich konnte auf einen früheren Flug umbuchen und bin schon zu Hause."

Clemens schrie ins Telefon: "Das ist eine Frechheit von dir." Die Umstehenden sahen ihn wegen seiner Lautstärke indigniert an.

"Ich hoffe, du kannst mir verzeihen. Das war wirklich dumm von mir."

Das ist die Chance. Das ist eine gute Gelegenheit, um den Bruch mit Julia einzuleiten. Diese Gedanken drängten sich immer mehr in den Vordergrund.

"Mich einfach vergessen. So wichtig bin ich dir also. Ich hab's wirklich satt." Er wollte ihre Antwort nicht mehr hören und legte auf.

Auf der Fahrt vom Flughafen zurück erhielt er im Minutentakt Anrufe von Julia, aber Clemens hatte eine Mozart-CD eingelegt und bemühte sich krampfhaft, die Musik zu genießen.

Sollte er gleich mit Julia Schluss machen? Sollte er ihr eine eindeutige Nachricht schreiben? Ohne Vorwürfe, ohne jede Spur von Emotion. In etwa so wie ‚Unsere Beziehung ist damit beendet' oder ‚Das war's mit uns'. Er konnte sich aber nicht zu diesem finalen Schritt durchringen. Warum sollte er auch. Es geschah Julia nur recht, im Ungewissen zu sein. Schließlich hatte sie sich selbst in diese Situation gebracht.

Wieder zu Hause schrieb Clemens stattdessen eine Nachricht an Anna, obwohl sie bis zum nächsten Treffen Stillhalten vereinbart hatten.

"Liebe Anna, die Klärung ist im Laufen. I love you!"

Auch am nächsten Tag blieb diese SMS unbeantwortet.

Die Nachrichten von Julia versuchte er zu ignorieren und die immer selteneren Anrufe ließ er in der Mailbox verenden.

Clemens durchlebte die nächsten Tage in einer Mischung aus Euphorie und Bangen. Es machte ihn nervös, kein Zeichen der Zuneigung von Anna zu erhalten. Den vorläufigen Bruch mit Julia empfand er aber als Befreiung. Mit der endgültigen Nachricht wollte er sich noch Zeit lassen. War es eine Art von Rück-versicherung oder Feigheit? Clemens wollte nicht weiter darüber grübeln. Lieber versuchte er, sich das schöne Leben mit Anna auszumalen, dieser unkom-plizierten und strahlenden Frau. Sie würden gemein-sam Sport machen und sich dann verschwitzt in die Arme fallen, sich leidenschaftlich küssen und den animalischen Schweißgeruch als Stimulans für wil-den Sex empfinden.

Es war Freitag. Clemens hatte wiederholt versucht, Tom zu erreichen. Ohne Erfolg.

Er hätte sich gerne mit Tom im Kaffeehaus getroffen, um ihm zwar nicht alles im Detail zu erzählen, aber doch die neueste Wendung in seinem Leben zu be-richten. Clemens brauchte ein Ventil. Er wagte es nicht mehr, Anna zu kontaktieren. Tom war zwar nicht der beste Zuhörer und sein Sarkasmus konnte nerven. Clemens fühlte sich aber diesmal gewappnet und glaubte, damit umgehen zu können. Er brauchte dringend jemanden zum Reden. Seine Gefühle und seine Gedanken verlangten nach einem Echo. Sie mussten einfach raus, um sie neu ordnen zu können und auf Verständnis zu stoßen.

Am Samstagmorgen war Clemens frohen Mutes, das Wochenende für sich alleine zufriedenstellend ge-stalten zu können.

Alles, was ihm guttat. Tom war ein Arschloch. Immer, wenn man ihn brauchte, war er nicht da.

Ohne etwas zu frühstücken oder auch nur einen Kaffee zu trinken, machte er sich zum Joggen fertig. Er glaubte, Bäume ausreißen zu können.

Er sagte halblaut zu sich: „Ich bin jeder Situation gewachsen und werde richtig entscheiden." Clemens musste lachen: ‚Seit wann dope ich mich mit positiven Sprüchen?' Normalerweise lief er nicht länger als eine Stunde, aber diesmal wollte er nicht aufhören, genoss die Gleichmäßigkeit seiner Schritte und die frische, nicht zu kalte Luft in seiner Lunge. Ein und aus, ein und aus. Sein bewusst tiefes Atmen versetzte ihn in einen meditativen Zustand. Er entfernte sich immer weiter von seiner Vergangenheit hin zu einer glücklichen Zukunft mit Anna. Der Sturm in seinem Kopf hatte aufgehört, war zu einem wohltuenden Lüftchen geworden.

Nach einer Stunde drehte er um, nach einer weiteren halben Stunde begannen seine Beine zu schmerzen und er wurde langsamer. Sein Atmen war schneller und flacher geworden.

Zu Hause angekommen war er trotzdem zufrieden und die müden, leicht schmerzenden Beine sah er als Beweis für seine Leistung. Er stand viel länger als üblich unter der Dusche und ließ sich das angenehm warme Wasser auf den Kopf prasseln.

‚Einfach dastehen, einfach genießen.' Er sagte sich das halblaut vor und wiederholte es in Variationen.

Clemens ging nach der Arbeit in ein nahe gelegenes Einkaufs-Center. Er wollte sich im Sport-Shop nach einer neuen Laufjacke umsehen. Er betrat die Rolltreppe zum ersten Stock, blickte nach oben und glaubte Annas Beine gerade verschwinden zu sehen. Sie trug die gleichen Stiefel wie bei ihrem Treffen. Clemens drängte sich hektisch an den vor ihm stehenden Menschen vorbei und drehte sich oben angekommen einmal im Kreis. Da entdeckte er Anna wieder, ja, sie war es. Er wollte schon ihren Namen rufen, sah im letzten Moment aber Julia neben ihr stehen. Beide nahmen soeben vor einem unscheinbaren Lokal in der Mall Platz.

Was machten die beiden zusammen? Clemens war empört und verunsichert. Er fand Deckung hinter einer Gruppe von schnatternden Mädchen und versuchte durch die sich bietenden Lücken Julia und Anna zu beobachten. Die Mädchen bewegten sich langsam zum Eingang des H&M Shops, um sich dort zwischen den Tischen und Kleiderständern zu verteilen. Clemens folgte ihnen ins Geschäft, blieb gleich hinter dem Eingang stehen und versuchte durch heftiges Beobachten den Grund für das Zusammensein der beiden Frauen zu erraten. Was sollte er tun? Er war ratlos. Einfach hingehen und sich freudig überrascht geben? Oder lieber das Weite suchen und später Anna anrufen?

Clemens blieb ohne Entschluss stehen. Eine Verkäuferin kam von hinten auf ihn zu und fragte, ob sie ihm helfen könnte. Clemens versuchte sie mit einem "Danke, ich seh mich nur um" wieder los zu werden. Sie schaute nun aber auch in die Richtung der beiden Frauen und fragte: "Sind sie Detektiv?" Clemens gab keine Antwort und ging ins Innere des Shops weiter. Das Geschäft hatte zwei Ebenen und so konnte er wieder, ohne jede Gefahr entdeckt zu werden, in das Erdgeschoß gelangen. Er blieb vor dem Shopping-Center stehen und tippte eine Nachricht an Anna: "Wir müssen dringend reden. Alles Liebe, Clemens." Was sollte er jetzt nur machen? Vielleicht war das Treffen auch ganz harmlos. Warum auch nicht. Sie hatten sich kennengelernt und sich sympathisch gefunden. Also trafen sie sich gelegentlich. Aber warum hatten weder Julia noch Anna davon erzählt? Clemens geriet in Panik, er ging in eine Bar im Eingangsbereich des Shopping-Centers und bestellte einen doppelten Whiskey. Nein, er durfte jetzt keinen Alkohol trinken. Er schob das Glas beiseite und versuchte seine Gedanken zu ordnen. Es konnte nicht gelingen, solange er in diesem panischen Zustand war. Clemens griff zum Glas und stürzte den Inhalt in einem Zug hinunter. Das Brennen in der Kehle tat gut, nur seine Panik blieb davon unberührt.

Er wusste nicht, wie viel Zeit vergangen war, als sein Handy läutete. Hastig nestelte er es aus seiner Hosentasche, es entglitt ihm und fiel zu Boden. Als er es mit zitternden Händen aufgehoben hatte, sah er den versäumten Anruf von Anna.

Er rief zurück und hörte ihre Mailbox-Stimme. Gleich

darauf erschien die Info über eine neue Nachricht in seiner Mailbox auf dem Display. Clemens war sich sicher, dass sie von Anna stammte, hörte sie aber nicht ab, sondern rief sofort noch einmal an.

"Hallo Clemens. Warum hast du dich versteckt?"

Sie hatte ihn also gesehen.

"Ist Julia noch bei dir?"

"Nein, sie musste weg. Ich sitze aber noch da. Komm einfach rauf und wir reden. Ok?"

"Ja, Ok."

Anna konnte mit ihrem aufgesetzten Lächeln die Angespanntheit in ihrem Gesicht nicht völlig kaschieren. Sie stand nicht auf und zeigt mit der Hand auf den gepolsterten Sessel, auf dem kurz zuvor noch Julia gesessen war.

"Nimm Platz." Clemens zögerte. Sollte er sich zu Anna hinunterbeugen und ihr einen Wangenkuss geben? Anna schien nicht darauf zu warten, und so setzte er sich mit einem tiefen Seufzen hin.

"Warum triffst du dich mit Julia?"

"Warum nicht? Wir haben uns sympathisch gefunden und sind in losem Kontakt geblieben."

"Und warum hast du nichts davon erzählt?"

"Magst du nichts trinken? Ich brauche jetzt etwas Alkoholisches." Sie winkte den Kellner herbei.

"Ein Glas Prosecco, bitte."

Clemens bestellte Mineralwasser. Er spürte den Geschmack des Whiskeys noch deutlich und war froh, dass es nur bei einem geblieben war.

Er sah Anna fragend an. Sie aber ließ sich nach außen hin nicht aus der Ruhe bringen, wartete auf den Prosecco und nahm dann langsam und genussvoll einen Schluck.

"Julia hat mir alles erzählt. Du verhältst dich richtig schäbig ihr gegenüber."

Clemens starrte vor sich hin. Seine wirren Gedanken waren zu einem Tsunami in seinem Kopf geworden. Er konnte sich nicht dagegen wehren, wurde von ihnen weggespült, weg aus diesem Shopping-Center, weit weg von Anna, die aber trotzdem weiterhin auf ihn einredete.

"Ich konnte nicht anders, als von deinen Annäherungsversuchen am letzten Montag zu erzählen und von deinen Liebesbeteuerungen. Sie hat geweint, sie liebt dich immer noch."

"Aber was ist mit dir? Wie stehst du jetzt zu mir?" Clemens beobachtete sich selbst wie einen Schauspieler in einem schlechten Liebesdrama. Er erschrak über seinen weinerlichen Tonfall.

Er sah das leere Glas von Anna und wunderte sich, wann sie es ausgetrunken hatte. Sie war aufgestanden, legte einen Geldschein auf den Tisch und wollte sich mit "Ich schreibe dir das besser" verabschieden.

Clemens sah sie mit Tränen in den Augen an, es waren Tränen der Wut. Sein Gesicht war eine schmerzverzerrte Grimasse voll von Aggression. "Bleib sitzen", schrie es aus ihm heraus. "Das bist du mir schuldig." Anna hatte sich schon zum Gehen gewandt, drehte sich nun aber noch einmal um.

"Ich war dir nie etwas schuldig und du mir jetzt auch nichts mehr. Ruf Julia an. Sie wartet darauf."

Dann war sie gegangen und Clemens blieb völlig außer sich zurück. Erst als ein Lautsprecher das Schließen des Shopping-Centers in wenigen Minuten durchsagte und der Kellner die Rechnung auffordernd präsentierte, erhob er sich und wankte zur Straße hinaus.

Was sollte er tun? Anna anrufen, sie um Verzeihung bitten? Oder doch Julia, weil er spürte, dass Anna nichts mehr von ihm wissen wollte? Er schrieb Anna eine Nachricht, um Verzeihung bittend, sie um eine zweite Chance anflehend. Er könnte alles erklären. Und hängte ein pulsierendes Herz an, um es gleich darauf durch ein gebrochenes zu ersetzen.

Zu seiner Überraschung erhielt er schon eine Stunde später eine Antwort. "Ich werde dir alles schreiben. Schon bald."

Clemens war nicht nach Hause gegangen, er irrte wieder einmal ziellos durch die Straßen. Tom, er musste Tom erreichen. Wie in den letzten Tagen auch landete er aber nur in seiner Mailbox. "Scheißkerl", schrie er hinein und legte auf.

Erst um Mitternacht kam er nach Hause, er hatte keine Ahnung wie, er konnte sich auch nicht erinnern, wo er gewesen war.

Clemens leerte alle alkoholischen Vorräte, die er finden konnte. Zum Glück waren es nicht allzu viele.

Betrunken sank er in einen Halbschlaf und fand sich später neben dem Bett wieder.

Am nächsten Morgen meldete er sich mit einem Email an die Personalabteilung krank. Er hatte einen dröhnenden Kopf und fühlte sich, als wäre er in ein dunkles, unendlich tiefes Loch gefallen. Unfähig zu einem Entschluss, blieb er im Bett liegen und starrte an die Decke. Stundenlang.

Er döste dazwischen vor sich hin, spielte im Kopf nach, was er zu Anna hätte sagen sollen. Zwischendurch dachte er auch an Julia und sah sie zu seiner eigenen Überraschung in einem hellen Licht, wie einen Engel, vor ihm stehen. Sie liebt mich noch. Wie kann das sein? Er legte sich die Worte zurecht, mit denen er sie um Vergebung bitten würde. Gleich darauf stand er vor Anna, fiel auf die Knie und umklammerte ihre Beine.

Dann kam das Email von Anna. Clemens zögerte, es zu öffnen. Es würde ja doch nur eine Erklärung sein, warum sie ihn nicht liebte, seit seiner Entgleisung im Shopping-Center sogar verachtete. Vielleicht auch wegen seines Verhaltens zu Julia oder weil sie loyal zu Julia sein wollte oder, oder.

Clemens stand auf, machte sich einen Kaffee und begann das Email von Anna zu lesen.

"Lieber Clemens, ich erinnere mich noch sehr gut, als ich dich zum ersten Mal in der U-Bahn gesehen habe. Man hat dir deine Verliebtheit angesehen. Im Nachhinein muss ich mir selbst eingestehen, dass ich einfach nur neidisch war. So geliebt werden wollte ich auch. Von einem so hübschen und liebevollen Mann, wie du mir damals erschienen bist. Ich habe dich dann ohne zu überlegen angesprochen. Im Nachhinein konnte ich es nicht mehr begreifen. Welcher Teufel hatte mich da geritten? Ich vergaß diesen kleinen Zwischenfall schnell wieder, auch dass ich dir meine Telefonnummer gegeben hatte.

Als wir uns dann wieder über den Weg liefen, sah ich es zunächst als Wink des Schicksals. Umso mehr war ich dann enttäuscht, dass ich nur als Vermittlerin für dein Beziehungsproblem mit Julia dienen sollte. Zuerst wollte ich ablehnen. Warum ich es trotzdem tat, kann ich auch nicht erklären. Vielleicht war es bloße Neugier, vielleicht wollte ich auch nur selbstlos reagieren. Was hatte ich schon zu verlieren.

Julia und ich haben uns sofort verstanden. Daher war es auch ein Leichtes sie zu überreden, dir eine zweite Chance zu geben. Noch dazu konnte ich die Sache mit dem Zettel glaubhaft aufklären. Und Julia liebte dich auch damals noch.

Ich war auch stolz auf mich, denn es war mir gelungen, eure Beziehung wieder zu kitten. Das freute mich für Julia, ein schales Gefühl blieb aber zurück, denn ich hatte dich damit unwiderruflich aufgegeben.

Später erzählte mir Julia von euren neuen Problemen, dass ihr euch wieder voneinander entfernt hattet und schließlich von dem Missgeschick am Flughafen und deiner gemeinen Reaktion.

Das Treffen mit dir habe ich nur deshalb vorgeschlagen, weil Julia mich darum gebeten hatte. Sie war durch deine immer stärker zu Tage tretenden Stimmungsschwankungen verunsichert und fühlte sich nicht mehr genug von dir geliebt.

Deine Annäherungsversuche haben mich dann überrascht, mir aber auch geschmeichelt. Fast hätte ich mich hinreißen lassen und deinem Drängen nachgegeben. Erst in der frischen Luft kam ich wieder zu mir. Ich wollte nur mehr Zeit gewinnen und dich auf Distanz halten. Der Vorschlag mit dem Treffen in zwei Wochen fiel mir spontan ein. Ich wollte Zeit gewinnen.

Nachdem wir uns getrennt hatten, bemerkte ich den Verlust meines Schals. Ich musste ihn im Lokal vergessen haben. Also ging ich zurück und fand dort nicht nur meinen Schal, sondern auch Tom, der mich gewinnend anlächelte und mich unbedingt auf einen Drink einladen wollte. Er war zerknirscht, weil er es mit den Komplimenten übertrieben hatte. Das "Weniger ist mehr" hatte ihm erst bewusst gemacht, dass er große Zuneigung zu mir empfand. Das sagte er so unaufdringlich und ohne jede Forderung, dass ich ihn auf einmal mit anderen Augen sah. Um es kurz zu machen. Wir sind dann noch bis zur Sperrstunde im Gespräch vertieft dagesessen. Beim Abschied erklärte er mir dann, dass er mich gerne küssen würde, es aber nicht tun würde, um mich nicht damit zu überrumpeln. Ich war so gerührt von dieser Feinfühligkeit, dass ich ihn küssen musste. Den Rest will ich dir ersparen. Tom und ich sind jetzt zusammen. Ich hatte ihn gebeten, mit dir zu reden. Bis jetzt hat er es leider nicht geschafft. So seid ihr Männer halt. Clemens, ich wünsche dir das Allerbeste für dein weiteres Leben. Und noch einmal, ruf Julia an. Sie wartet darauf und wird dir verzeihen. Bitte sieh von einer Antwort an mich oder einem weiteren Kontaktversuch ab. Ciao und leb wohl, Anna."

Clemens konnte es nicht glauben. Wie konnte Tom ihm so in den Rücken fallen?

‚Ich habe nicht nur Julia, sondern auch Anna verloren. Und mein bester Freund ist ein Arschloch.'

Hatte er Julia wirklich endgültig verloren? Er las noch einmal den Satz: „Sie wartet darauf und wird dir verzeihen."

Liebte ihn Julia wirklich noch? Würde ein dritter Versuch mit ihr gelingen? Vermutlich würde sie ihm beim kleinsten Zwist seine versuchte Untreue mit

Anna vorwerfen. Immer wieder. Clemens schwankte zwischen Trotz und Sehnsucht. Sehnsucht wonach? Wirklich nach Julia?

„Ich werde sie morgen anrufen, ganz sicher." Er sagte dies laut und bestimmt.

Ein schmutzig-grüner Rucksack

Ach, wie hasste er Männer, die mit weit gespreizten Beinen dasaßen. Als wäre es ihnen aus anatomischen Gründen unmöglich, ihre Oberschenkel näher zusammenzurücken. Wie präpotent und fast schon aggressiv das doch wirkte. Selbst wenn man mit dem Knie dagegen drückte oder sich laut räusperte, änderten sie ihre Beinstellung nicht. Vermutlich fühlten sie sich gar nicht betroffen oder deuteten den Druck gegen ihr Knie als Unhöflichkeit.

Warum musste er sich auch neben diesen Mann mit arabischem Aussehen setzen? Gut, die U-Bahn war fast voll, aber im Nachhinein wäre er lieber gestanden. Dennoch, wollte er jetzt nicht mehr aufstehen. Das wäre wie eine Niederlage für ihn gewesen. Also drückte Pierre noch stärker gegen das weit ausgestellte Knie seines breitschultrigen Sitznachbarn. Dieser drehte sich zu ihm und blickte ihn vorwurfsvoll an, murmelte etwas für Pierre Unverständliches und stand unvermittelt auf.

Pierre sah ihm nicht direkt nach, nur aus den Augenwinkeln folgte er ihm, soweit es eben ging, ohne den Kopf merkbar zu drehen.

,Idiot. Am besten vergessen.' Er war froh, dass er endlich Platz hatte. Sein Blick streifte den nun freien Sitz neben ihm mit Genugtuung und blieb auf einem schmutzig-grünen Rucksack hängen, der unter dem Sitz eingezwängt war.

"Ihr Rucksack", rief er dem Mann nach. Aber der

schien ihn nicht zu hören. Die Türen der U-Bahn öffneten sich und der Mann stieg aus, ohne sich umzudrehen. Pierre kam nicht mehr dazu, den Rucksack zu nehmen und diesem Mann nachzutragen. Er hatte vielleicht auch nicht schnell genug reagiert, weil ihm dieser Typ so unsympathisch war. Der Rucksack blieb, wo er war.

'Selbst schuld', dachte Pierre. Er empfand Schadenfreude über das Missgeschick des Fremden, der schon bald den Verlust seines Rucksacks bemerken würde.

Pierre spürte den Blick der stark geschminkten, molligen Frau, die ihm schräg gegenübersaß. Sie schaute abwechselnd auf den Rucksack und dann wieder auf ihn.

Er zuckte mit den Schultern: "Der Mann von eben dürfte ihn vergessen haben."

"So ein Pech", antwortete die Frau mit einer ungewöhnlich tiefen Stimme. "Man sollte den Rucksack zum Fundbüro bringen."

Pierre ärgerte sich. Warum sollte er die Arbeit haben. Sollte doch sie den Rucksack mitnehmen, wenn ihr danach war.

"Vielleicht ist ja eine Bombe drin", versuchte er zu scherzen.

Die Frau lachte und zeigte ihr Gebiss. Ihre Zähne waren ungewöhnlich groß, aber sehr gleichmäßig und strahlend weiß. Knallroter Lippenstift rahmte dieses

Kunstwerk noch gebührend ein.

"Na, so schlimm wird es schon nicht sein."

Sie wandte ihren Blick ab und Pierre war froh, dass er dazu nichts mehr sagen musste. Allerdings ging ihm der Rucksack nicht aus dem Kopf. Der Mann hatte eindeutig arabisch ausgesehen. Vieleicht verstand er kein Deutsch und hatte deshalb auf Pierres Nachrufen nicht reagiert. Pierre hätte auch „Marhaba" rufen können. Einige Brocken Arabisch hatte er noch aus seiner Kindheit behalten. Was, wenn wirklich eine Bombe darin versteckt war? Es passierte so vieles in letzter Zeit, und vor herrenlosen Gepäckstücken wurde doch immer wieder ausdrücklich gewarnt. Pierre beugte sich herab, indem er vortäuschte, seinen rechten Schuh binden zu müssen. Vielleicht konnte man das Ticken einer Uhr hören? Der Rucksack war aber still. Blödsinn, ihm waren Bomben mit einer tickenden Uhr nur aus alten Filmen bekannt. Heutzutage würde der Mann die Bombe mit einem Klick auf sein Handy hochgehen lassen könnte. Da brauchte nichts zu ticken. Pierre blickte sich so unauffällig wie möglich um. Die anderen Fahrgäste schienen vom vergessenen Rucksack keine Notiz zu nehmen. Sie blätterten in ihrer Gratiszeitung oder starrten ins Leere. Ein jüngerer Mann, der ihm gegenübersaß, spielte nach vorne gebeugt mit seinem Handy und schien von der Außenwelt nichts mitzubekommen.

'Mich würde es als Ersten treffen', dachte Pierre. Er saß am nächsten zum Rucksack. Der junge Mann ihm gegenüber, der übrigens genauso breitbeinig dasaß wie der verdächtige Sitznachbar zuvor, würde es aber noch weniger überleben. Denn er hätte nicht einmal den minimalen Schutz durch den Sitz, unter dem der Rucksack gelagert war. Pierre spürte eine aufkommende Unruhe. Er brachte die Vorstellung, dass im Rucksack eine Bombe stecken könnte, nicht mehr aus dem Kopf. Nun, er könnte einfach aufstehen und ans andere Ende des Waggons gehen oder noch besser, bei der nächsten Station aussteigen und den Waggon wechseln. Niemand würde ihn beachten, außer vielleicht die stark geschminkte Frau, die immer noch ab und an nach dem Rucksack blickte und ein leicht besorgtes Gesicht machte.

Pierre verstand sein Zögern nicht. Er blieb sitzen, weil er es übertrieben und auch ein klein wenig feige fand, wegen dieses Produkts seiner Phantasie das Weite zu suchen.

‚Du bildest dir schon wieder Blödsinn ein.'

Tagtäglich fuhren Hundertausende mit der U-Bahn. Sicher wurden immer wieder auch Taschen, Rucksäcke, vielleicht sogar große Koffer vergessen, aber noch nie war ein Terroranschlag passiert, hier in Wien.

Der Versuch, sich selbst zu beruhigen und seine Angst als lächerlich abzutun, half aber nicht. Schließlich gab er sich einen Ruck und stand auf. Die stark geschminkte Frau sah ihn fragend an. Da konnte Pierre nicht anders, er deutete auf den Rucksack und hob die Schultern. Am anderen Ende des Waggons fand er einen freien Platz und setzte sich wieder hin. Sein Herzklopfen war spürbar, und er konnte seinen eigenen Schweiß riechen. War das wegen seiner Angst oder wegen des peinlichen Gefühls weggegangen zu sein? Zwei Stationen später stieg er aus. Natürlich war nichts passiert. Pierre kam sich ziemlich lächerlich vor.

'Was ist aus mir geworden', dachte er. 'Ich lasse mich von den ständigen Meldungen über Terroranschläge verrückt machen.'

Es war kurz vor Neun, er musste sich beeilen, daher legte er die Strecke bis zu seiner Bankfiliale mit schnellen Schritten zurück. Dort angekommen erfuhr er, dass sein erster Kunde sich etwas verspäten würde. Zeit genug also, um das Gesicht zu waschen und sich frisch zu machen. Als der Kunde von einer jungen Kollegin zur Beratungsecke begleitet wurde, hatte er die notwendigen Informationen schon am Bildschirm aufgerufen und überflogen. Eine einfache Sache. Der ältere Mann hatte drei risikoarme Fonds in seinem Depot liegen und ein Sparbuch mit einem guten Zinssatz. Er war ein konservativer Veranlagungstyp und Pierre würde den Teufel tun, ihm eine Änderung der bisherigen Veranlagung einzureden, die in den letzten Jahren zwar nur einen kleinen aber doch stetigen Zuwachs eingebracht hatte.

Zu Mittag verließ Pierre nur selten die Bank, zumeist,

weil er Kundentermine hatte. Für viele war das eine gute Gelegenheit für einen Bankbesuch, ohne dafür Arbeitszeit opfern zu müssen. Heute war er einfach nur ruhebedürftig. Vielleicht wegen der morgendlichen Aufregung um diesen Rucksack. Er bat eine junge Kollegin, ihm ein Käsekornweckerl mitzubringen. Das würde reichen, da er ausgiebig gefrühstückt hatte.

Ungewöhnlich laute Stimmen kündigten die Rückkehr von der Mittagspause an. Die junge Kollegin stürzte, das verpackte Käsekornweckerl in der Hand, auf ihn zu.

„Hast du schon gehört? Es hat einen Bombenanschlag in der U-Bahn gegeben. Heute Früh."

Die Worte prasselten auf Pierre nieder. Ihm fiel sofort der Rucksack ein.

„Wann, wo?"

„Auf der U4-Linie. Kurz nach Neun. Es gibt Tote und Schwerverletzte."

Pierre konnte es nicht fassen. Er rief die Online-Ausgabe einer Tageszeitung auf und fand dort als Headline „Terroranschlag in Wiener U-Bahn".

Ein Foto zeigte Einsatzkräfte rund um einen beschädigten Waggon, dessen Fensterscheiben teilweise geborsten waren. Das Bild war in einer U-Bahn-Röhre aufgenommen worden, die Explosion musste zwischen zwei Stationen erfolgt sein. Scheinwerfer hüllten die Szenerie in gleißendes Licht. Pierre las aufgeregt den Bericht, die Kollegin, die immer noch vor ihm stand und weiteredete, hatte er ausgeblendet.

Man hatte vier Tote geborgen, die Anzahl der Verletzten war wesentlich höher, davon drei Schwerverletzte. Die angegebene letzte Station, in der der Zug gehalten hatte, passte. Kurz nach Neun. Er war kurz vor Neun ausgestiegen.

Pierre legte den Kopf in seine Hände und wiegte ihn seufzend hin und her: „Nein, Nein, Nein". Hätte er nicht die anderen Fahrgäste warnen sollen? Vielleicht hätten sich diese aber nur über ihn lustig gemacht und seine Warnungen mit einer verächtlichen Handbewegung abgewinkt? Pierre hob wieder seinen Kopf und atmete kurz aber tief durch. Am Schluss des Artikels folgte noch ein Aufruf. Personen, denen etwas aufgefallen war, wurden dringend gebeten, sich bei der Einsatzzentrale zu melden. Er griff nach seinem Handy, um die angeführte Telefonnummer anzurufen. Erst jetzt bemerkte er, dass die junge Kollegin immer noch vor ihm stand und ihn mit offenem Mund ansah.

„Ist dir etwas aufgefallen? Du fährst doch immer mit der U4 zur Arbeit, oder?"

„Nein, nein. Ich bin nur schockiert. Es hätte ja auch mich treffen können."

„Schrecklich. Man ist nicht einmal in Wien mehr sicher."

Pierre wartete, bis die Kollegin endlich gegangen war und wählte dann die Nummer.

Er landete in einer Warteschleife, die um Geduld bat und die rasche Annahme des Gesprächs durch einen Beamten versprach. Was genau sollte er sagen? Die mollige Frau fiel ihm wieder ein. War sie unter den Toten? Gut möglich, denn sie hatte ja nicht weit vom Rucksack entfernt gesessen. Endlich meldete sich eine weibliche Stimme, die kurz wissen wollte, worum es gehe.

„Moment bitte. Ich verbinde sie mit dem zuständigen Beamten."

Erneut hörte er die Warteschleife, und er verfiel wieder in ein angestrengtes Grübeln über Einzelheiten seiner morgendlichen U-Bahn-Fahrt. Eine sonore Männerstimme unterbrach seine Gedanken und nannte Namen und Dienstgrad. Pierre war so überrascht davon, dass er nur ‚Major' verstand.

„Was kann ich für Sie tun?"

„Ich weiß nicht, ob das wichtig ist, aber ich bin wenige Minuten vor der Explosion aus dieser U-Bahn ausgestiegen und habe einen zurückgelassenen Rucksack bemerkt."

„Jeder Hinweis ist wichtig und ihrer klingt besonders interessant. Könnten sie bitte gleich vorbeikommen."

„Naja, ich bin in der Arbeit und kann frühestens um Fünf weg."

„Für uns zählt jede Minute. Bitte kommen sie so früh

es geht. Ihr Arbeitgeber wird das verstehen, und sie bekommen auch eine Bestätigung von uns."

Die Stimme des Beamten war eindringlich und von einem Befehlston nicht mehr weit entfernt. Pierre fühlte sich derart gedrängt, dass er ohne Rücksprache mit der Filialleiterin zusagte, schleunigst zu kommen.

Er notierte sich die Adresse der Polizeidirektion und den Namen des Beamten. „Major Nowak", wiederholte dieser stark akzentuiert. Dann erst fragte Pierre die Filialleiterin persönlich um Erlaubnis. Sie zeigte sich nicht begeistert, weil zwei Kundentermine verschoben werden mussten, stimmte aber gönnerhaft zu.

„Das ist ja Bürgerpflicht. Hoffentlich können sie behilflich sein."

Pierre nahm ein Taxi und wurde zu seinem Leidwesen von dem urwienerischen Fahrer, der einen ausladenden Schnurrbart und zu einem Schwanz gebundenes graues Haar trug, in ein Gespräch verwickelt.

„Ah, zu den Kiberern geht's."

Und lachend: „Haben's was ausg'fressen?"

Pierre schüttelte den Kopf. Warum eigentlich? Was ging das den Taxifahrer an?

„Es geht um den Terroranschlag", gab er trotzdem Auskunft.

„Schrecklich. Das waren sicher die Islamisten." Dabei schaute er Pierre im Rückspiegel prüfend an, vielleicht, weil Pierre ein dunkler Typ war und gerade noch als Südeuropäer durchging.

Pierre gab keine Antwort mehr und blickte aus dem Fenster.

Wie hatte der Rucksack ausgesehen und vor allem der Besitzer, der die U-Bahn so fluchtartig verlassen hatte? Pierre war sich nicht sicher, ob er ihn ausreichend beschreiben konnte.

„So, jetzt können's gestehn", riss ihn der Taxifahrer aus seinen Gedanken. Sie waren bei dem alten Backsteingebäude angekommen, das wegen seiner Türme wie eine Trutzburg wirkte. Von der Frau am Empfang wurde er in den zweiten Stock geschickt.

Pierre nahm immer zwei Stufen auf einmal. Er klopfte an die Zimmertür und wurde mit einem „Bitte, Hereinspaziert" zum Eintreten aufgefordert.

Der Raum wirkte kahl und wurde daher von dem schlichten Schreibtisch beherrscht, der vor dem einzigen doppelflügeligen Fenster stand. Der Major hatte sich erhoben und zeigte auf den freien Stuhl vor ihm. Er wirkte noch jung, war braungebrannt und hatte schwarzes, streng zurückgekämmtes Haar. Sein dunkler Anzug saß perfekt.

„Setzen Sie sich bitte."

Pierre begann, seine Personalien anzugeben. Einen Ausweis habe er leider nicht dabei, entschuldigte er sich.

„Passt schon für den Moment", sagte der Major in jovialem Tonfall.

„Sie sind also der Fast-Tatzeuge." Er schmunzelte dabei.

„Erzählen Sie bitte alles, was Ihnen aufgefallen ist. Bitte erinnern sie sich so gut wie nur möglich. Jedes auch noch so kleine Detail kann wichtig sein, auch wenn es Ihnen nicht von Bedeutung zu sein scheint. Und, wir haben Zeit. Lassen Sie sich Zeit. Steigen Sie gedanklich erneut in diese U-Bahn ein."

Pierre nickte.

„Sie haben doch nichts dagegen, wenn wir Ihre Aussage aufzeichnen." Er postierte ein schwarzes Tischmikrofon, das Pierre bis dahin gar nicht aufgefallen war, näher zu ihm.

„Es kann losgehen." Wie zur Verstärkung seiner Worte schob er die Muratti-Packung, auf der ein silbernes Feuerzeug perfekt ausgerichtet lag, an den linken Rand des Schreibtischs, als wollte er eine möglichst große freie Fläche für die Aussage von Pierre schaffen.

Pierre begann langsam und unsicher zu berichten. Er prüfte jedes Wort auf seine Richtigkeit, bevor er es aussprach. Der Major ließ Pierre nicht aus den Augen, selbst wenn er sich kurze Notizen machte. Manchmal wanderte sein Blick von Pierres Gesicht zu den unruhigen Händen, für die Pierre keinen geeigneten Platz zu finden schien. Die Finger berührten sich ständig, als müsste die eine Hand die andere als zum selben Menschen gehörend identifizieren. Doch schon bald wurden seine Schilderungen exakter und schneller, bis der Major mit „Gemach, gemach. Wir haben Zeit." unterbrach.

„Ich glaube, das ist alles."

„Sehr gut. Sehr, sehr gut. Das sind wirklich wichtige Hinweise für uns." Dabei blätterte der Major in seinen Notizen, aber auch dort schien er keine Veranlassung für weitere Fragen zu finden. Pierre glaubte, bald gehen zu können, und blickte auf die Uhr.

„Wir brauchen noch ein bisschen. Erstens wird Ihre Aussage jetzt ins Reine getippt, und Sie sollten dann noch unterschreiben. Und zweitens muss ich Sie bitten, einige Fotos durchzusehen. Vielleicht haben wir Glück, und Sie erkennen den Verdächtigen darunter."

Pierre wurde in einen anderen Raum geführt und vor einen Bildschirm gesetzt. Er konnte selbständig auf das nächste Foto weiter oder auch wieder zurückblättern. Nach geschätzt hundert Fotos war er endlich am Ende angelangt. Der Mann aus der U-Bahn war nicht darunter. Da war sich Pierre sicher.

„Ok", sagte der Major, „das wäre ja auch zu viel des Glücks gewesen. Leider muss ich Ihre Zeit aber noch ein wenig mehr in Anspruch nehmen. Sie müssten uns noch beim Zeichnen eines Phantombilds helfen."

Pierre war sichtlich müde und seufzte. „Wenn's sein muss."

Ein hinzugeholter Zeichner zauberte nun verschiedene Gesichtsformen auf den Bildschirm, dann Haare, Augen, Nase und Mundpartie. Auch das Kinn und die Ohren wurden immer wieder ausgetauscht, bis Pierre sich im Kreis zu drehen begann.

Das innere Bild des Verdächtigen verschwamm in seinem Kopf immer mehr bis zur absoluten Unkenntlichkeit.

„Ich kann nicht mehr. Mir geht alles durcheinander."

„Das ist normal", sagte der Zeichner.

„Ich lege Ihnen jetzt nur mehr drei Varianten unserer gemeinsamen Arbeit vor, und Sie wählen eine davon aus. Ok?"

Pierre entschied sich schnell, obwohl er sich absolut nicht sicher war. Aber es war das Ähnlichste unter den drei Vorschlägen.

Beim Hinausgehen fragte er den Major nach der stark geschminkten Frau aus der U-Bahn und ob sie unter den Verletzten war.

„Hm, da müsste ich nachsehen. Aber ich darf ihnen nur eine Andeutung machen."

Sie waren wieder in das karge Zimmer getreten und der Major setzte sich an den Bildschirm.

„Es gibt eine Dame unter den Schwerverletzten, auf die ihre Beschreibung passen könnte. Aber wie gesagt, mehr darf ich dazu nicht sagen." Er zögerte kurz.

„Obwohl, vielleicht ist es für die Ermittlungen hilfreich, wenn Sie mit ihr zusammentreffen. Geben Sie mir ein paar Tage Zeit, ob sich da was machen lässt."

Als Pierre wieder ins Freie trat, war es bereits dunkel. Sein Kopf war wie leergeräumt und die Beine schmerzten, als hätte er ein langes Ausdauertraining hinter sich. Ein plötzliches Hungergefühl überkam ihn, und so betrat er auf dem Weg zur nächsten U-Bahn-Station wie ferngesteuert ein schon von außen schäbig wirkendes Gasthaus, das vermutlich schon bessere Zeiten gesehen hatte. Kaum hatte er die Tür hinter sich geschlossen, ließen ihn die lauten, offenkundig aufgebrachten Stimmen zurückweichen. Sie kamen aus der Richtung eines Stammtisches und auch von der Schank. Der Geruch war modrig und bierschwanger, das Licht gedämpft.

„Alle raus." „Wir brauchn dieses Gsindel net." „Die Politiker ... vom Chauffeur durch die Gegend fahren ... um unser Geld" „Islamistisch ... lauter Kopftüchler ... Überall."

Es waren nur Satzfetzen, die es bis zu Pierres Ohren schafften. Die sich überschlagenden Stimmen wirkten wie ein kakophonischer Chor auf ihn und die in der Luft liegende Aggressivität war zum Greifen. Hier wollte er nicht bleiben und wandte sich wieder dem Ausgang zu. Einigen Gästen fiel aber jetzt seine Anwesenheit auf.

„Da hama schon so an Ausländer." „Er schleicht sie eh schon wieda."

Im Normalfall hätte Pierre etwas erwidert, aber heute war nichts normal. Er war froh, ohne Streit wieder im Freien zu sein. Das gleichmäßige Rauschen des Abendverkehrs war eine Wohltat im Vergleich zur Atmosphäre im Gasthaus.

Pierre hatte bisher nur höchst selten Probleme mit seinem Aussehen gehabt. Er legte Wert auf ein gepflegtes Äußeres und trug modische Kleidung. Wenn seine Herkunft ein Thema wurde, dann schätzten ihn die meisten als Franzosen ein. Das wurde vielleicht zusätzlich durch seinen Vornamen insinuiert, auf den seine Mutter bestanden hatte. Pierre fühlte sich wie ein Ausgestoßener, der Hunger war aber geblieben. Er entschied sich nun für den Mac Donalds nahe der U-Bahn-Station, der im Kontrast zu dem Gasthaus vor allem von jugendlichen Migranten frequentiert wurde. Wenigstens wurde er hier nicht angepöbelt.

‚Ein Scheiß-Tag ist das', dachte er, während er sich Pommes Frites in den Mund schob.

Nur zwei Tage später erhielt Pierre einen Anruf vom Major.

„Die Frau ist jetzt ansprechbar und würde gerne mit

Ihnen reden. Hätten Sie heute Nachmittag Zeit für einen Besuch im Krankenhaus? Ich kann Sie auch abholen, wenn Sie wollen."

Pierre hatte etwas Abstand zu den Ereignissen in der U-Bahn gewonnen. Er hatte das Thema verdrängt, obwohl alle Zeitungen und Nachrichtensendungen nach wie vor voll davon waren. Die Geschichte mit dem herrenlosen Rucksack wurde von allen Seiten beleuchtet und bot Stoff für wilde Spekulationen. Darauf war Pierre ein wenig stolz, da der Hinweis von ihm stammte und im Moment der einzige konkrete Anhaltspunkt zu sein schien. Vielleicht hatte die Polizei dieses Detail bekanntgegeben, um weitere Menschen zu finden, die diesen Rucksack und vielleicht sogar den Täter mit dem Rucksack am Rücken bemerkt hatten. Auch in der Bank wollten sie genau wissen, was Pierre gesehen und ausgesagt hatte. Er hielt sich aber zurück und berichtete nur, was ohnehin in der Zeitung stand. Er wollte seine Ruhe haben und nicht weiter damit behelligt werden.

„Heute ist ungünstig", brachte er mit unsicherer Stimme vor. Aber der Major insistierte und erklärte ihm noch einmal, wie wichtig jeder neue Hinweis wäre.

„Übrigens, Ihr Phantombild kann nicht so schlecht sein. Die verletzte Dame ist zu einem sehr ähnlichen Ergebnis gekommen."

„Ach so. Das freut mich."

„Also, wann darf ich Sie in der Bank abholen?"

Pierre fühlte sich schon wieder wie ein Untergebener, der Befehle befolgen musste.

Pünktlich um Fünf wartete der Major mit seinem schwarzen BMW vor der Bank. Er stand in zweiter Spur und hatte die Warnblinkanlage eingeschaltet.

„Kommen Sie bitte. Ich will den Verkehr nicht länger als notwendig behindern."

Pierre stieg hinten ein. Er spürte ein mulmiges Gefühl in Anwesenheit des Majors, der ihn fast so wie der Taxifahrer vor einigen Tagen immer wieder durch den Rückspiegel beobachtete.

„Sie sind doch Moslem, Herr Brahimi, oder?"

Die Frage kam aus dem Nichts und brachte Pierre aus der Fassung.

„Warum fragen Sie? Was spielt das für eine Rolle?"

„Gar keine im Moment. Wir müssen nur alle Möglichkeiten prüfen."

„Bin ich jetzt auch verdächtig? Ich habe seit meinem zwölften Lebensjahr keine Moschee mehr von innen gesehen."

„Schon gut. Ich habe nur gefragt. Sie werden doch verstehen, dass wir alles prüfen müssen."

„Aber die Frau hat mich einsteigen gesehen. Und da muss der Rucksack schon dagewesen sein."

„Nein, leider kann sich Frau Berger nicht mehr daran

erinnern. Sie hat den Rucksack erst bemerkt, als Sie dem Mann nachgerufen haben."

„Aber warum hätte ich dann dem Mann nachrufen sollen? Damit hätte ich doch nur auf mich und den Rucksack aufmerksam gemacht."

Der Major versuchte, spaßig zu klingen.

„Na ja, vielleicht war er ein Komplize."

Er wartete kurz auf eine Reaktion zu seiner witzig gemeinten Bemerkung, aber Pierre fand das überhaupt nicht lustig. Er blickte finster vor sich hin.

„Vergessen Sie's. Wir haben sie schon überprüft."

„Ich weiß nicht, ob ich noch mitfahren soll. So eine Frechheit, mich zu verdächtigen. Ich habe sie doch gleich angerufen."

„Beruhigen Sie sich doch bitte. Wie gesagt, Sie gehören nicht zum Kreis der Verdächtigen. Es gibt keinerlei Hinweise bei Ihnen."

Pierre konnte sich aber nicht beruhigen. ‚Sie verdächtigen mich wegen meiner Herkunft', dachte er. Seine Eltern stammten aus Algerien und waren über Frankreich nach Österreich gekommen. Er war hier in Wien geboren und sprach akzentfrei Wienerisch beziehungsweise ein österreichisches Deutsch. Das hatte er seiner Mutter zu verdanken, die auch zu Hause mit ihm Deutsch gesprochen hatte. Sein Vater hingegen hatte zwischen Arabisch und Französisch gewechselt. Deutsch war ihm zeitlebens bis auf ein paar Brocken fremd geblieben. Er war sehr gläubig gewesen

und hatte darauf bestanden, dass Pierre die Koran-
schule besuchte. Mit Zwölf hatte Pierre aber gegen
seinen Vater und den Islam zu revoltieren begonnen.
Er war nur mehr selten zu Hause, fand stattdessen
bei österreichischen Freunden Unterschlupf. Sein Vater war kurze Zeit später einem Herzinfarkt erlegen,
und Pierre war wieder zu seiner Mutter zurückge-
kehrt. Sie hatte seine Unterstützung gebraucht. Nach
einer kurzen Trauerphase war sie fortan ohne
Schleier aus dem Haus gegangen. Sie hatte sich west-
lich gekleidet und wenige Jahre später einen Deut-
schen geheiratet. Aber auch sie war in der Zwischenzeit ums Leben gekommen, bei einem Verkehrsun-
fall, den ihr neuer Mann im betrunkenen Zustand
verschuldet hatte.

Das Bild seiner Mutter drängte sich in seine Erinnerungen. Wie gütig sie doch gewesen war und immer
für ihn da. Das hatte auch Nachteile gehabt, glaubte
er im Rückblick. Er hatte sich gehen lassen, sein BWL-
Studium hingeschmissen und einfach in den Tag ge-
lebt. Was war eigentlich der Auslöser gewesen, der
ihn dazu gebracht hatte, bei einer Bank anzufangen?
Pierre konnte sich nicht mehr genau erinnern. Vielleicht war es doch wieder die Mutter, die ihm selbst
in dieser Zeit des Nichtstuns nicht fallengelassen
hatte. Obwohl er in der Bank schnell Karriere gemacht hatte und vom einfachen Schalterbeamten
zum Vermögensberater aufgestiegen war, fühlte er
sich dort nicht wohl. Manchmal fühlte er sich als Betrüger, wenn er einem Kunden die bankeigenen Pro-

dukte einreden musste. Er hatte aber keine Idee, welcher Job ihm Spaß machen würde. Sein Privatleben war ereignislos. Er hatte nie viele Freunde gehabt. Mit dem Tod seiner Mutter hatte er sich aber noch mehr zurückgezogen.

„Wir sind da."

Der Major hatte bereits den Motor abgestellt und drehte sich zu Pierre um.

„Entschuldigen Sie wegen vorhin. Ich hätte Sie nicht nach Ihrer Religion fragen sollen. Ist ja auch völlig belanglos und geht mich nichts an."

Er hielt Pierre die Hand hin, doch dieser öffnete schon die Autotür und stieg aus.

Die verletzte Frau lag noch immer auf der Intensivstation. Eine Schwester wies ihnen den Weg durch einen Gang, der von den Intensivzimmern durch eine Glasscheibe getrennt war. So konnten Ärzte und Schwestern auch im Vorbeigehen einen Blick auf die Überwachungsgeräte und die Patienten werfen.

„Guten Abend, Frau Berger." Der Major sprach jetzt mit sehr leiser Stimme.

„Wie angekündigt habe ich Ihnen den anderen Zeugen mitgebracht. Sie erinnern sich vielleicht noch an Herrn Brahimi?"

„Guten Tag", flüsterte auch Pierre und trat mit dem Major näher ans Bett. Von Frau Berger konnte man kaum etwas sehen. Sie war fast vollständig in Mullbinden eingewickelt, nur Mund und Augen waren frei. Die Überwachungsgeräte piepsten und der Monitor schrieb Kurven und Werte in verschiedenen Farben. Soweit Pierre es beurteilen konnte, war alles im Normalbereich.

Frau Berger bat den Major, den Kopfteil des Bettes höher zu stellen, der den Knopf dafür schon zu kennen schien.

„Damit ich sie besser sehen kann", sagte sie mit schwacher Stimme. Ihr tiefer Tonfall erstaunte Pierre aufs Neue.

„Können Sie sich erinnern?", fragte der Major noch einmal.

„Sicher. Das ist der Mann, mit dem ich damals in der U-Bahn über den Rucksack gesprochen habe. Ach wäre ich nur seinem Beispiel gefolgt und auch aufgestanden. Als hätte er etwas geahnt."

„Nein, Frau Berger, ich habe es nicht geahnt. Ich hatte nur ein komisches Gefühl, vielleicht sogar Angst."

„Ich hätte ihnen folgen sollen. Eigentlich war ich schon entschlossen, aber dann dachte ich mir: ,Was soll's. Lass dich doch nicht verrückt machen.' Jetzt ist es zu spät. Dabei habe ich noch Glück gehabt, denn alle anderen in meiner Reihe sind ums Leben gekommen."

Pierre fand es eigenartig, dass der Major keine Fragen

stellte. Er hatte sich etwas zurückgezogen und beobachtete die stockende Unterhaltung.

Plötzlich hörten sie vom Gang aufgeregte Stimmen. Pierre sah einen Mann mit Fotoapparat und zwei Schwestern, die wild gestikulierend auf ihn einredeten. Der Major schüttelte den Kopf.

„Diese Journalisten. Die haben immer noch nicht genug. Sie fahren mir wie Paparazzi nach, in der Hoffnung, bei einer Verhaftung oder sonst einer Sensation dabei sein zu können."

„Gibt es Fortschritte bei ihren Ermittlungen?", fragte Frau Berger.

„Leider nein. Die bisher einzig brauchbaren Ergebnisse sind von ihnen und Herrn Brahimi."

„Das heißt, sie suchen nach dem Mann, der über dem Rucksack gesessen hat."

„Richtig. Das ist aber ohne Foto und Spuren nicht so einfach. Der öffentliche Druck ist sehr groß, und wir tun alles, was in unserer Macht steht."

Der Major brachte Pierre nach Hause und wünschte ihm beim Aussteigen einen schönen Abend. Pierre war aber noch immer verärgert. Er murmelte nur ein „Ihnen auch", das der Major aber nicht mehr hören konnte, da Pierre die Autotür schon zugeschlagen hatte. Was sollte das heißen, sie hätten ihn überprüft? Hörten sie vielleicht sein Telefon ab? Pierre sah sich um. Er fühlte sich beobachtet, konnte aber niemanden entdecken, der als verdeckter Ermittler in Frage käme. Seit dem Vorfall im Gasthaus glaubte er zu spüren, dass ihn andere Menschen kritisch oder gar ablehnend ansahen. Selbst bei seinen Kunden wurde er das Gefühl nicht los.

Den Abend verbrachte er vor dem Fernseher. In den Nachrichten wurde noch immer über den Bombenanschlag berichtet. Es hatte bis jetzt kein Bekennerschreiben gegeben, aber die Polizei ging angeblich einer neuen Spur nach. Um die laufenden Ermittlungen nicht zu behindern, wollte die Polizei im Moment nicht mehr dazu sagen.

Als er am nächsten Morgen in die Bank kam, verhielten sich die Kollegen anders als sonst. Keiner schaute ihn direkt an. Sie waren einsilbig, mehr als ein „Hallo" oder „Guten Morgen" kam nicht über ihre Lippen. Sie schienen alle furchtbar beschäftigt zu sein.

Da er gleich seinen ersten Kundentermin hatte, konnte er nicht lange darüber nachgrübeln. Die schlohweiße Dame, eine Hofratswitwe, wie sie ihm beim ersten Termin stolz erzählt hatte, war bereits da und wartete in einer der Beratungsecken. Ein einfacher Termin für Pierre, denn sie hatte fast alles auf Festgeldkonten liegen. Ziemlich viel Geld sogar. Pierre erwartete nur eine Diskussion über die ihrer Meinung nach zu niedrigen Zinssätze. Die Bank war aber der Dame schon weit entgegengekommen.

Pierre nahm sich zusammen. Er ging mit betont dynamischen Schritten und einem professionellen Lächeln zur Beratungsecke und wollte die Wartende herzlich begrüßen. Sie aber erwiderte weder den Gruß, noch nahm sie seine entgegengestreckte Hand.

Stattdessen zeigte sie mit ernstem und entsetztem Gesicht auf ein Foto in der beliebten Gratiszeitung. Pierre sah darauf zunächst nur ein Krankenbett umgeben von Geräten, erkannte jedoch in der nächsten Sekunde sich und den Major. Die Überschrift lautete „Bombenterror – ist das der Hauptverdächtige?"

„Das sind doch Sie, oder?"

„Ja, aber ich bin nur ein Zeuge, nicht verdächtig."

„Na, das kann jeder sagen. Wieso steht's dann in der Zeitung?" Die Kundin war aufgestanden und schaute ihn nun trotzig an.

„Ich wollte Ihnen das persönlich sagen, dass ich ab sofort einen anderen Betreuer will. Bei Ihnen muss man sich ja fürchten."

Sie war derart laut geworden, dass alle zu ihr und Pierre hinstarrten und die Filialleiterin aufgeschreckt herbeieilte.

„Kann ich helfen, Frau Hofrat?", fragte sie.

„Ja, ich will einen neuen Betreuer. Aber bitte keinen, der so ausländisch aussieht und mit Terror in Verbindung steht."

Sie zeigte auf das Foto in der Zeitung und dann auf Pierre. Dieser wollte etwas sagen, aber die Filialleiterin stoppte ihn. „Wir sprechen uns später".

Sie verschwand mit der Dame eilig in ihr Zimmer.

Pierre wurde mit sofortiger Wirkung beurlaubt. Man müsse jetzt an die Kunden denken, erklärte ihm die Filialleiterin und ergänzte, dass sich der Wirbel ja bald wieder legen werde. Pierre war wie gelähmt. Er gab nur ein „Hoffentlich" von sich und verließ dann, ohne sich zu verabschieden, die Bank.

Er musste das aufklären. Er würde die Zeitung dazu zwingen, einen Widerruf zu drucken. Pierre nahm in einem Kaffeehaus Platz und sah sich vorsichtig um. Es schien ihn niemand zu beachten. Auf dem Foto war er nicht deutlich zu erkennen. Es wunderte ihn, dass ihn diese blöde Kundin erkannt hatte. „Frau Hofrat", äffte er die Filialleiterin nach.

Pierre wählte die Nummer der Polizeidirektion und ließ sich zum Major verbinden.

„Das ist die Journaille, Herr Brahimi. Wir können das leider nicht verhindern. Von uns ist kein Hinweis gekommen. Das kann ich ihnen garantieren."

„Was soll ich jetzt tun, Herr Major?"

„Das ist eine schwierige Situation. Wenn Sie auf Widerruf klagen, dann halten Sie die Sache damit nur am Köcheln."

„Also kann ich gar nichts tun?"

„Sie sollten sich nicht so aufregen, Herr Brahimi. Das bringt ja auch nichts. Ich werde bei der Redaktion anrufen und dem Chefredakteur auf die Zehen steigen. Die sind von unseren Informationen abhängig, also wird es bei diesem Einzelfall bleiben, hoffentlich."

„Ich bin beurlaubt worden. Wahrscheinlich werde ich gekündigt."

„Das tut mir leid, aber ich kann Ihnen da nicht weiterhelfen."

Pierre klopfte wütend auf den Tisch und einige Gäste sahen zu ihm. Er senkte sogleich seinen Kopf und tat so, als würde er mit seinem Smartphone beschäftigt sein.

Zu Hause suchte er die Nummer der Gratiszeitung heraus und rief dort an. Möglicherweise hatte der Major schon interveniert, denn er wurde sofort zum Chefredakteur verbunden, der sich vielmals entschuldigte und sich im gleichen Atemzug auf die Polizei ausredete. Sie hätten einen Tipp von einer zuverlässigen Quelle bekommen.

„Das ist mir egal. Wenn es so weitergeht, bin ich meinen Job los."

„Wir könnten mit Ihnen ein Interview als wichtigen Zeugen machen. Das wäre doch eine Art von Rehabilitation für Sie."

Pierre geriet in Wut. Er schrie in sein Handy.

„Ganz sicher nicht. Ihrem Schmierblatt gebe ich kein Interview."

Wenige Tage später erhielt er einen eingeschriebenen Brief von der Bank. Sie sprachen seine Kündigung aus und boten ihm noch drei weitere Monatsgehälter als freiwillige Abfindung, wenn er einer sofortigen Auflösung des Dienstverhältnisses zustimmen würde. Er blieb lange mit dem Kündigungsschreiben in der Hand sitzen und verspürte eine unglaubliche Wut in sich.

„Diese Arschlöcher. Ich hätte mich nicht als Zeuge melden sollen. Nie wieder mache ich das."

Seine aufgebrachte Stimmung ging später in eine schmerzhafte Leere über. Er hatte keine Ahnung, was er jetzt tun sollte. Weder jetzt im Moment noch in der Zukunft. Pierre spürte die endgültige Abwesenheit seiner Mutter schmerzlich. Er hatte keine Familie mehr in Wien, nur in Paris gab es eine Tante.

Von den wenigen oberflächlichen Freundschaften versprach er sich keinen Trost, im Gegenteil. Auch seine Beziehungen zu Frauen waren selten und hielten nicht lange. Mit der letzten Freundin hatte er gerade einmal zwei Monate geschafft.

Der Major rief an. Pierre zögerte abzunehmen und tat es dann doch.

„Ja."

„Herr Brahimi. Der Hauptverdächtige hat sich frei-
willig gestellt. Wir bräuchten Sie für eine Gegenüberstellung. Wann können Sie kommen?"

„Muss ich?"

„Dieses eine Mal darf ich Sie noch dringend darum
ersuchen."

„Ersuchen. So nennt man das jetzt."

„Herr Brahimi, bitte. Wann passt es für Sie? Am besten noch heute."

„Ist mir egal. Ich habe keinen Job mehr und daher
sehr viel Zeit."

„Dann kommen Sie bitte gleich, wenn es Ihnen recht
ist."

Es war Pierre nicht recht, es war ihm gar nichts recht.
Aber er sagte dann doch zu. Was sollte er im Moment
auch sonst machen? Dasitzen und Löcher in die Luft
starren gefiel ihm noch weniger.

Es war der Sitznachbar aus der U-Bahn. Der, der über
dem Rucksack gesessen hatte. Pierre hatte auf eine
verdeckte Gegenüberstellung verzichtet. Er wollte
dem Täter direkt in die Augen sehen. Und der Major
war wieder einmal daran interessiert, die Interaktion
von in den Bombenanschlag involvierten Personen
beobachten zu können. Er hoffte auf einen Verspre-

cher, auf ein herausgerutschtes Wort, das in der Befragungssituation vielleicht zurückgehalten worden wäre.

Der dringend Verdächtigte war aufgestanden und streckte Pierre die Hand entgegen. „Es freut mich, Sie wohlbehalten wiederzusehen.". Durch seine Größe und seinem breiten Körperbau wirkte er respekteinflößend. Sein eleganter dunkelblauer Anzug und das weiße Hemd betonten dies noch.

„Herr Ammar wird derzeit als Zeuge geführt." Der Major hatte das Zögern von Pierre, ihm die Hand zu reichen, bemerkt. Sie setzten sich, und der Major versuchte, das Gespräch mit einer Rekapitulation beider Aussagen in Gang zu bringen. Der Verdächtigte hatte angegeben, ohne Rucksack in die U-Bahn eingestiegen zu sein und diesen beim Hinsetzen auch nicht bemerkt zu haben. Allerdings war ihm die stark geschminkte Dame aufgefallen, die seiner Erinnerung nach schon auf ihrem Platz gesessen und nicht erst nach ihm eingestiegen war.

„Die Dame hat aber das Gegenteil behauptet", warf Pierre ein.

„Das wissen wir. Einer der beiden wird sich halt irren. Wir werden Frau Berger noch einmal im Spital besuchen."

„Ich bin mir ganz sicher. Sie hat mich nicht gerade wohlwollend angesehen, während ich mich gesetzt habe."

Das Gespräch über das Geschehen in der U-Bahn schleppte sich dahin. Herr Ammar war dazu übergegangen, von seiner letzten Reise nach Bagdad und den damit verbundenen Gefahren zu erzählen. Auch Pierre hatte das Interesse verloren, über den Rucksack und sein Gegenüber zu sprechen. Er hörte aufmerksam dem ausufernden Reisebericht zu. Man konnte die Enttäuschung über den Gesprächsverlauf im Gesicht des Majors ablesen. So würde er keine neuen Anhaltspunkte bekommen. Er blickte ungeduldig auf die Uhr. Pierre erzählte nun Herrn Ammar von seiner Kündigung bei der Bank und beklagte sich über diese Ungerechtigkeit.

„Meine Herren. Sie können sich gerne woanders weiter unterhalten. Ich habe leider keine Zeit mehr." Der Major war aufgestanden und verabschiedete die Beiden. Wieder im Freien drängte Herr Ammar Pierre seine Visitenkarte auf.

„Rufen Sie mich an, wann immer Sie wollen. Vielleicht kann ich Ihnen bei der Suche nach einem neuen Job behilflich sein."

Später blickte Pierre genauer auf die Karte, die er eher ohne Interesse genommen und eingesteckt hatte.

„Orient & Occident – Import und Export" stand in dicken Lettern darauf. Darunter waren in fast zu kleiner Schrift der Name Abdul Ammar, eine Festnetznummer und eine Mobilnummer gedruckt. Keine Email-Adresse, keine Website.

Pierre suchte nach dem Firmennamen und nach Abdul Ammar im Internet. Es gab aber außer der Listung in einem Firmenverzeichnis keine Spuren.

Das Wochenende brachte Pierre mit langen Spaziergängen durch die Stadt und nutzlosem Brüten über seine Situation hinter sich. Am Montag rief er Herrn Ammar an. Der zeigte sich sehr erfreut und schlug das Café Schwarzenberg als Treffpunkt vor.

Kurz vor der vereinbarten Uhrzeit betrat Pierre das Kaffeehaus und blickte sich um. Er fand Herrn Ammar am Ende des großen Raums am Fenster sitzen. Dieser hob die Hand nur wenig, um auf sich aufmerksam zu machen. Er trug diesmal Jeans und ein ausladendes schwarzes Sakko.

„Wie geht es Ihnen, Pierre? Ich darf doch Pierre sagen?"

„Klar, wir können auch per Du sein."

„Gerne, ich bin Abdul, aber das weißt du ohnehin schon."

Pierre lachte. „Ich kann lesen."

„Bist du den Verdacht losgeworden? Du warst ja ein ziemlich verdächtiger Zeuge, oder?"

„Stimmt. Ich hätte mich auch früher bei der Polizei gemeldet, konnte aber wegen meiner Geschäftsreise nach Bagdad nicht in Wien sein. Die Polizei hatte ja alle Fahrgäste, die vor der Explosion im Zug gewesen sind, gebeten, sich zu melden."

„Und warum waren Sie jetzt nur als Zeuge geführt?"

„Wir sind per Du", mahnte Abdul belustigt.

„Entschuldigung. Muss mich erst daran gewöhnen."

„Wird nicht entschuldigt. Nein, Scherz beiseite. Also, am Anfang nicht. Da haben sie mich sogar verhaftet. Aber ein anderer Passagier, der mit mir eingestiegen war, hat sich zum Glück an mich erinnert. Er hat angegeben, dass ich beim Einsteigen keinen Rucksack dabeihatte."

„Hm, gut für Sie, ach, dich. Aber schlecht für die Polizei."

„Die tappen nach wie vor im Dunkeln. Es gibt ja auch bis heute keine Bekenner, sagt die Polizei."

„Vielleicht ist der Rucksack schon lange in der U-Bahn spazieren gefahren. Der oder die Täter haben kurz vor der Explosion nur kontrolliert, ob er noch da ist. Dazu reicht ein unauffälliger Blick."

„Das könnte sein. Aber nach dieser Theorie könnten wir beide auch zu den Tätern gehören."

„Mich haben sie überprüft, ich glaube sogar abgehört."

„Mich sicher auch. Und sie haben mein Büro auf den Kopf gestellt und alle Unterlagen durchgesehen."

„Stoßen wir also auf unsere Unschuld an."

Pierre hob das Mineralwasserglas und Abdul seine

Tasse, die er davor noch schnell mit Tee aus der Kanne auffüllte.

„Also, ich habe einen Job für dich. Bei mir in der Firma."

„Ach so. Und was soll das sein?"

„Nun, es geht um das Management meines Vermögens, aber auch um Gelder, die ich für gute Freunde treuhändig verwalte."

„Und woher kommt das Geld? Ich meine, vor allem das der guten Freunde?"

„Das ist für mich nicht wichtig. Es sind alte Freunde aus dem Irak und angrenzenden Ländern. Und es sind honorige Menschen. In der Regel sind sie auch meine Lieferanten oder Kunden. Hast du Vorbehalte, weil du so fragst?"

Pierre überlegte kurz, was er darauf antworten sollte. Gelder von guten Freunden. Das klang nicht ganz sauber. Wenn die Polizei aber sein Büro auf den Kopf gestellt und ihn durchleuchtet hatte, dann musste Abdul zumindest sehr geschickt sein.

„Ein wenig schon. Aber egal, reden wir über mein Gehalt."

Abdul bot ihm ohne jedes Verhandeln um die Hälfte mehr, als er bei der Bank verdient hatte. Pierre fand das zwar schon wieder verdächtig, aber das Angebot war sehr verlockend. Er hatte sich schon als Arbeitsloser gesehen, der im Bankenumfeld nicht mehr vermittelt werden konnte und daher sinnlose Kurse besuchen musste. Und was hatte er davon gehabt, sich wie ein mustergültiger Staatsbürger verhalten zu haben? Er war verdächtigt und überwacht worden. Und wegen der blöden Zeitungsfritzen, vielleicht mit Beteiligung der Polizei, hatte er seinen Job verloren. Die Reaktionen dieser verdammten Hofrätin, der kleingeistigen Filialleiterin und aller Kollegen hatten ihm vor Augen geführt, wie schnell man ihn nicht mehr als Österreicher zu akzeptieren bereit war. Wie man in ihm den Ausländer sah, den man nach Belieben beschuldigen und vorverurteilen konnte. Diese miese Behandlung würde er nie wieder vergessen.

„Und warum gerade ich?"

„Weil ich ein Menschenkenner bin. Das klingt vielleicht arrogant oder auch einfältig, aber ich habe mich noch nie in einem Menschen geirrt. Dich schätze ich als loyal, ehrlich und fleißig ein. Da bin ich mir sicher. Und du hast dir die für diesen Job notwendigen Fähigkeiten bei der Bank erworben und bist im Grunde einer von uns, Herr Brahimi." Abdul zerlegte den Namen in die einzelnen Silben.

„Bra-hi-mi. Du gehörst zu uns."

Pierre schaute immer noch skeptisch, obwohl er sich über die lobenden Worte freute. In seinem Inneren hatte er schon fast zugesagt.

„Wenn du dich bewährst, wovon ich überzeugt bin, wirst du auch in meine Familie aufgenommen werden. Falls du das willst."

Pierre lachte. „Das hat jetzt den Ausschlag gegeben."

Und während er das aussprach, wuchs in ihm die Ahnung, dass es wirklich so war. In seiner Einsamkeit hatte er sich oft nach einer neuen Familie oder einer engen Freundschaft gesehnt. Sie vereinbarten den nächsten Montag als Arbeitsbeginn und schüttelten sich beim Abschied lange beide Hände.

Die nächsten Tage verbrachte Pierre mal in einem Hochgefühl, dann wieder zweifelnd und ängstlich. Zur Herkunft der Gelder hatte Abdul nichts gesagt. Und wo würden Verkaufserlöse, Zinsen und Dividenden landen? ‚Mir kann das doch egal sein. Abdul muss sehr clever sein oder eben doch ehrliche Geschäfte machen, wenn die Polizei nichts Verdächtiges gefunden hat', redete sich Pierre immer wieder ein. Nach der schlechten Behandlung und Herabwürdigung waren die Worte von Abdul Balsam für ihn gewesen. Er wurde immer zuversichtlicher, je näher es dem Montag zuging.

Das Büro lag im ersten Bezirk. Es war die nördliche Ecke, die kaum Geschäfte beherbergte, und auch von Touristen links liegen gelassen wurde. Beim Hauseingang war kein Firmenschild angebracht. Pierre drückte den Knopf mit der Beschriftung „Orient & Occident" und wurde durch die Gegensprechanlage in den dritten Stock gebeten. An der Tür stand eine junge Frau. Sie trug einen hellblauen Hidschab, ihr streng geschminktes Gesicht war frei zu sehen. Es war hübsch und irgendwie außergewöhnlich. Pierre hätte nicht sagen können, warum. Zu überrascht war er, in Abduls Büro auf eine traditionell gekleidete Frau zu treffen.

„Kommen Sie bitte weiter." Nicht den Anflug eines Lächelns zeigte sie, als sie Pierre hereinbat.

Sie war wegen der hochhakigen Schuhe fast so groß wie Pierre und ging ihm mit eleganten Schritten voran zur nächsten Tür.

Bevor sie noch klopfen konnte, hörte Pierre Abduls Stimme.

„Nur Hereinspaziert." Hatte diese Worte nicht auch der Major benutzt? Pierre lächelte still in sich hinein.

Abdul stellte die traditionell gekleidete Frau als seine Nichte Basima vor, die gleich darauf Tee brachte. Basima schloss die Tür hinter sich und Abdul betonte noch einmal, wie sehr er sich über die Zusammenarbeit mit Pierre freute. Nach ein paar Schlucken Tee und dem Austauschen höflicher Floskeln stürzten sie sich in die Arbeit. Gemeinsam mit Abdul sah er unzählige Dokumente, Aufstellungen und handschriftliche Notizen, viele davon in Arabisch, durch. Abdul redete fast ohne Unterbrechung. Es gab so viel zu erklären. Pierre nickte meistens, bevor Abdul die eben erklärte Seite umblätterte. Wenn er etwas nicht verstand, was selten vorkam, stellte er eine kurze Frage, um bald darauf auch diese Seite abzunicken. Basima servierte stündlich neuen Tee, erst lange nach Mittag brachte sie einen großen Teller mit Mezze und Fladenbrot dazu. Am späten Nachmittag musste Pierre den Drang zum Gähnen immer öfter unterdrücken. Doch erst in den Abendstunden waren sie mit dem Dokumentenberg durch.

Am nächsten Tag nahm Pierre zum ersten Mal an seinem neuen Schreibtisch Platz, der frontal an ein Fenster im ersten Raum gestellt war. Am anderen Ende des Raums saß Basima mit Blick auf seinen Rücken. Pierre fühlte sich dadurch ständig beobachtet. Bald war er aber so in die Unterlagen vertieft, dass er Basima vergaß. Sie verhielt sich sehr still und fiel ihm erst auf, wenn sie das Telefon abnahm. Das schien ihre Haupttätigkeit zu sein, abgesehen vom Servieren des Tees und ähnlichen Dienstleistungen.

Spät am Freitag rief der Major an. Pierre wollte nicht abheben und drückte ihn weg. Am nächsten Tag las er in der Zeitung, dass man über Spuren in den sozialen Medien herausgefunden hatte, wer mit ziemlicher Sicherheit hinter dem Anschlag in der U-Bahn steckte. Es waren Mitglieder des sogenannten Islamischen Staats, die als Flüchtlinge getarnt nach Österreich eingereist waren. Man konnte sie nicht verhaften, da sie untergetaucht waren. Es wurde auch ein Bekennervideo im Netz gefunden, das aus unerfindlichen Gründen nicht verbreitet worden war. Als der Major am Montag noch einmal anrief, hob Pierre ab.

Er war neugierig, was der Major jetzt noch von ihm wollen könnte.

„Ja, bitte."

„Entschuldigen Sie bitte die Störung, Herr Brahimi. Ich wollte mich nur noch einmal für ihre Kooperationsbereitschaft bedanken. Sie haben uns wirklich sehr geholfen."

„Bitte. Und wie geht es jetzt weiter?"

„Es sieht leider so aus, als würden sich die Täter nicht mehr in Österreich aufhalten. Wir haben sie zur internationalen Fahndung ausgeschrieben."

„Hoffentlich werden sie gefunden und aus dem Verkehr gezogen."

„Ja, das hoffen wir auch. Haben Sie wieder Arbeit gefunden?"

„Leider noch nicht."

„Das tut mir schrecklich leid. Ich wünsche ihnen alles Gute."

Pierre legte auf, ohne sich zu verabschieden.

‚Alles Gute, alles Gute', ahmte er den Major im Stillen nach. ‚Diese Arschlöcher machen einen zuerst fertig und dann wünschen sie alles Gute.'

Pierre wollte dieses unsägliche Kapitel seines Lebens so schnell wie möglich vergessen. Die Nachrichten über den Terroranschlag wurden immer spärlicher und verschwanden schließlich ganz aus den Medien.

Pierre tauchte voll in seine neue Arbeit ein. Im Vergleich zu seinem früheren Job genoss er die ungewohnte Gestaltungsfreiheit. Abdul brachte ihm einen großen Vertrauensvorschuss entgegen. Nur einmal in der Woche ließ er sich kurz berichten. Dieser Freiraum motivierte Pierre nur noch mehr. Er fühlte sich wohl, und Basima trug das ihre dazu bei. Tee, Kaffee, etwas zu essen, Anrufe verbinden, Kopien machen. Sie war wie ein stiller Geist, der nur darauf wartete, etwas für ihn tun zu können.

Abdul hielt sein Versprechen und lud Pierre schon nach einem Monat zu sich nach Hause ein. Onkel und Tanten samt Ehepartner und ihren Kindern wurden ihm vorgestellt. Abdul schien hingegen weder Frau noch Kinder zu haben. Auch die meisten anwesenden Geschäftsfreunde waren entfernte Verwandte. Pierre versuchte gar nicht, diese komplizierten Verwandtschaftsverhältnisse zu verstehen. Es genügte ihm, dass alle ausgesprochen herzlich zu ihm waren. Die Kinder flogen Pierre geradezu zu. Wahrscheinlich spürten sie, dass er Kinder mochte, und er war jederzeit bereit, mit ihnen zu scherzen oder ein wenig zu spielen. Sie nannten ihn Onkel Per und drängten sich in seine Nähe. Nur Basima war anfangs so zurückhaltend wie im Büro. Über die Kinder kamen sie aber ins Gespräch, da Basima genauso bereitwillig mit ihnen spielte wie Pierre.

Auch im Büro plauderte er nun öfter mit Basima. Es ging zunächst um Belanglosigkeiten wie das Wetter oder ihre gemeinsame Begeisterung für „House of Cards". Später machte Pierre kleine Komplimente, die Basima mit leicht gesenktem Kopf schweigend entgegennahm. Manchmal berührten sich ihre Finger, wenn Basima ein Schriftstück brachte und Pierre danach griff. Pierre glaubte, dass sie beide kurz innehielten, um die flüchtige Berührung etwas länger währen zu lassen. Abdul schien die wachsende Nähe zwischen Basima und Pierre bemerkt zu haben. Er kam häufiger als früher aus seinem Zimmer und fragte Basima nach Poststücken, die ihm schon vorlagen oder deren Ankunft erst für die kommende Woche erwartet wurde. Wenn er nicht nach einem Brief oder Paket fragte, dann wollte er wissen, wo ein bestimmtes Dokument zu finden sei. Gleich nachdem er wieder in sein Zimmer verschwunden war, drehte sich Pierre zu Basima um und blickte sie schmunzelnd an. Basima zeigte den Anflug eines Lächelns. Als Pierre sie bei einer dieser Gelegenheiten fragte, ob er sie zum Essen einladen dürfe, konnte sie das Strahlen ihrer Augen nicht verbergen. Sie antwortete mit leiser Stimme, dass sie noch ein wenig warten sollten. Abdul, bei dem sie auch wohnte, würde nicht begeistert sein.

Es war Montag. Pierre machte sich zur üblichen Zeit auf den Weg ins Büro. Er sperrte gerade die Wohnungstür zu, als sich sein Handy mit einem Vibrieren und dem Beginn eines jazzigen Sounds in seiner Hosentasche meldete. Die angezeigte Nummer war ihm nicht bekannt. Er meldete sich daher nur mit einem „Hallo".

„Pierre, komm nicht ins Büro. Die Wirtschaftspolizei ist hier und stellt alles auf den Kopf." Die Frauenstimme war auffallend leise und daher schwer zu verstehen.

„Basima?"

„Ja, ich bin's. Basima. Ich muss leise sprechen. Ich rufe von meinem zweiten Handy aus der Toilette an. Das Erste haben sie mir abgenommen. Fünf Minuten nach meiner Ankunft ist die Polizei mit einem Durchsuchungsbefehl vor der Tür gestanden."

„Das darf doch nicht wahr sein. Warum nur? Es wurde doch schon alles überprüft."

„Keine Ahnung. Sie geben mir keine Auskunft."

„Wo ist Abdul?"

„Der kommt am Montag immer erst gegen Mittag."

„Ja, richtig. Ich werde bald da sein."

„Sie haben auch nach dir gefragt. Deshalb dachte ich, sie wollen dich vielleicht verhaften."

„Ich habe mir nichts zuschulden kommen lassen. Bis gleich."

Pierre versuchte am Weg ins Büro darüber nachzudenken, was der Grund für diese Durchsuchung sein könnte. Ihm wurde wieder bewusst, dass er nur einen Teil der Geldbewegungen kannte. Woher die Zuflüsse kamen und wohin die Erlöse der Investments gingen, hatte er nie mehr nachgefragt. Gute Freunde und Verwandte, langjährige Geschäftspartner. Das war alles, was Abdul dazu erzählt hatte. Pierre hatte nur mit Konten innerhalb der Europäischen Union zu tun gehabt. Natürlich konnten diese Konten bloß Zwischenstation auf dem Weg des Geldes zu den ihm unbekannten Empfängern sein.

Vor dem Haus parkten zwei Polizeiautos mit Blaulicht in zweiter Spur. Ein Polizist lud einen Karton in einem davor geparkten Kleinlaster. Pierre hastete die Stufen hinauf. Die Bürotür stand offen.

„Wer sind Sie?", wurde er von einem kleingewachsenen, grauhaarigen Mann mit fahlem Gesicht gefragt. Der mausgraue Anzug passte farblich perfekt dazu. ‚Alles grau', dachte Pierre.

„Brahimi. Pierre Brahimi. Ich arbeite hier."

„Wir haben schon auf Sie gewartet, Herr Brahimi. Wir müssen Sie bitten, mit uns zu kommen. Gehen Sie einstweilen rein."

„Bin ich verhaftet?"

„Nein. Aber wir brauchen Sie als Zeugen."

Basima saß auf ihrem Platz und wirkte verstört. Sie musste geweint haben. Ihr Gesicht zeigte Spuren von verwischtem Make-up.

„Pierre." Sie flüsterte fast. Pierre passte seine Stimme

automatisch daran an.

„Hi Basima, bist du ok?"

„Mir geht's nicht gut. Ich weiß auch nicht, wo Abdul ist."

„Hast du ihn angerufen?"

„Er hat nicht abgehoben. Da habe ich ihm eine SMS geschickt."

„Also weiß er von der Durchsuchung."

Pierre blickte sich um. Der Raum wirkte bis auf die Schreibtische, Bürosessel und Schränke komplett ausgeräumt. Die Computer fehlten, die Schränke standen offen und waren leer. Die Schreibtische zeigten ihre blanke Glasfläche.

Der Major erschien in der Tür zu Abduls Zimmer.

„Herr Brahimi. Schade, dass wir uns so wiedersehen müssen."

„Finde ich auch. Warum aber sind Sie hier?"

„Das können Sie sich vielleicht denken. Die Erhebungen zum Bombenanschlag in der U-Bahn sind noch nicht abgeschlossen."

Pierre musste im Zimmer des Majors warten. Basima, die auch als Zeugin vernommen werden sollte, hatte er im Polizeigebäude aus den Augen verloren. Pierre hatte Angst um sie. Er war davon überzeugt, nichts Illegales getan zu haben. Aber was wusste Basima von den Geschäften ihres Onkels? War sie vielleicht mehr involviert, als Pierre ahnen konnte? Im Büro war sie nur als Sekretärin und Mädchen für Alles in Erscheinung getreten.

Die Tür ging auf. Der Major trat ein. Der graue Mann im mausgrauen Anzug ging dicht hinter ihm.

„Guten Tag, Herr Brahimi. Sie kennen sich ja schon aus."

Der Major zeigte auf seinen Begleiter. „Darf ich vorstellen. Das ist Ingenieur Oberbirgler von der Wirtschaftspolizei."

Dieser nickte Pierre zu und legte eine graublaue Dokumentenmappe vor sich auf den Schreibtisch.

„Kommen wir zu Sache, Herr Brahimi. Sie sind da in eine brisante Angelegenheit verwickelt."

„Worum geht es genau? Ich habe keine Ahnung."

„Es geht um den Verdacht der Geldwäsche, Herr Brahimi. Ob Sie davon etwas gewusst haben, werden wir noch herausfinden. Auf alle Fälle waren Sie ein Akteur."

„Und es geht auch um den Verdacht der Unterstützung einer terroristischen Organisation", ergänzte der Major.

„Warum das? Sie haben doch schon damals das Büro auf den Kopf gestellt, als Sie Herrn Ammar noch als Verdächtigen geführt haben."

„Dabei haben wir Hinweise gefunden, die uns Grund

für eine weitere Überwachung gegeben haben."

Pierre wurde nun zu Details der von ihm getätigten Investments und Transaktionen befragt. Herr Oberbirgler legte ihm Überweisungsbelege und Kontoauszüge vor. Zu den Kontoauszügen konnte er nichts sagen. Er hatte ja nur Überweisungen auf diese Konten durchgeführt und die Auszüge nie zu Gesicht bekommen.

Der Major hatte sich zurückgelehnt. Er spielte mit seinem silbernen Feuerzeug, drehte es in der Hand und klappte den Verschluss auf und zu. Die Fragen zu den Kontobewegungen schienen ihn nicht zu interessieren.

„Fürs Erste sind wir fertig, Herr Brahimi. Sie müssen dann nur noch das Protokoll unterschreiben. Wird ein wenig dauern."

Der Wirtschaftspolizist gab Pierre auch jetzt nicht die Hand. Mit der Mappe unter dem Arm und einem Handzeichen in Richtung Major verließ er mit schlurfenden Schritten den Raum.

Der Major wartete, bis sich die Tür wieder schloss. Er schaute Pierre mit ernstem Gesicht an.

„Warum haben Sie diesen Job angenommen, Herr Brahimi? Sie müssen doch geahnt haben, dass die Geschäfte des Herrn Ammar zumindest anrüchig sind."

„Ich hatte keine Bedenken, da Sie ja schon nach dem Bombenanschlag alles durchsucht haben. Warum sollte ich mir da groß den Kopf zerbrechen? Ich war arbeitslos. Das Jobangebot war gut. Ich habe nur Geld, über das Herr Ammar verfügen konnte, veranlagt. Zumeist kurzfristig, aber auch das ist nicht verboten."

„Leider gibt es aber Verbindungen zu einer islamistischen Splittergruppe im Irak."

„Was? Davon habe ich nichts gewusst. Wie sollte ich das ahnen?"

„Herr Brahimi, jetzt sind sie schon zum zweiten Mal in diese Sache verwickelt. Das ist schon ein eigenartiger Zufall. Finden Sie nicht?"

„Ich habe mit der Sache nichts zu tun. Oder haben sie Beweise gegen mich?"

„Beweise nicht. Zumindest derzeit nicht. Verdächtig sind sie aber allemal. Warum haben Sie mich angelogen, als ich Sie nach einem neuen Job gefragt habe?"

Pierre zuckte mit den Schultern.

„Wie auch immer, ich werde Sie nicht mehr aus den Augen lassen, Herr Brahimi."

Pierre war freudig überrascht, als er Basima vor dem großen Tor des Polizeigebäudes stehen sah.

„Wartest du auf mich?"

„Ja, Pierre. Ich hoffe, es stört dich nicht."

„Nein, nein. Keineswegs. Aber glaubst du nicht, dass es verdächtig wirkt, wenn man uns zusammen sieht?"

„Warum? Wir haben doch nichts angestellt."

„Das stimmt." Und nach einer kurzen Pause: „Ich freue mich sogar sehr, dich so rasch wiederzusehen. Wenn du magst, trinken wir einen Kaffee oder Tee zusammen."

‚So schnell bin ich meinen neuen Job wieder los.‘ Dieser Gedanke kam ihm erst, als er wieder zu Hause war.

Basima und er hatten stundenlang über die vollkommen unerwarteten Ereignisse gesprochen. Sie beteuerte, dass sie nichts von Geldwäsche oder anderen strafbaren Machenschaften gewusst hatte. Pierre glaubte ihr. Sie war jetzt seine einzige Vertraute. Während sie im Kaffeehaus zusammensaßen, erhielt Basima immer wieder Nachrichten. So erfuhr Pierre, dass Abdul verhaftet worden war und mit ihm einige Verwandte und Geschäftsfreunde. Schließlich gestand Basima ihre Angst, die Nacht allein in der leeren Wohnung verbringen zu müssen. Sie erzählte vom rätselhaften Verschwinden von Abduls Frau und den beiden Kindern vor mehr als zwei Jahren. Abdul ließ noch immer nach ihnen suchen. Basima war erst danach von Abdul aufgenommen worden.

‚Ich muss schnell die Wohnung aufräumen.‘ Pierre hatte Basima gefragt, ob sie nicht zu ihm kommen wolle. Er war noch immer erstaunt, dass Basima ohne Zögern zugesagt hatte. Zwei Stunden später saßen sie nebeneinander auf seinem Sofa. Basima hatte ihren Hidschab abgenommen und zeigte ihre leicht gewellten schwarzen Haare, die weit über ihre Schultern reichten, zum ersten Mal. Pierre rückte immer näher zu ihr und ergriff behutsam ihre Hände. Sie ließ es geschehen.

„Ich mag dich, Basima. Wir müssen zusammenhalten."

„Ich mag dich auch, Pierre."

Sie verbrachten die halbe Nacht auf dem Sofa, tranken Tee und erzählten von ihrem Leben. Immer wieder kamen sie aber zu den aktuellen Ereignissen zurück. Wenn Basima weinte, dann umarmte und drückte er sie. Sie waren sich schnell einig, dass sie in Wien keine Zukunft hatten. Zwar sollten sie sich für weitere Verhöre zur Verfügung halten, den Pass hatte man ihnen aber nicht abgenommen. Pierre fiel seine Tante in Paris ein. Vielleicht könnten sie für einige Zeit dorthin ziehen. Er hatte Sie zum letzten Mal beim Begräbnis seines Vaters gesehen. Obwohl sie sich sofort gut verstanden hatten und Pierre ihre lebensfrohe Art und ihre französische Leichtigkeit gemocht hatte, war er sich nicht sicher, wie sie reagieren würde. Basima war von der Idee angetan. Sie sprach gut Französisch und liebte Paris.

Pierre mahnte zur Vorsicht. Vielleicht wurden sie

von der Polizei überwacht. Basimas zweites Smartphone hatte eine Prepaid-Sim-Card. Pierre kaufte gleich am nächsten Tag auch für sein Handy eine Prepaid-Card. Den Internetanschluss in Pierres Wohnung verwendeten sie nicht mehr. Pierre nutzte stattdessen den freien Wlan-Zugang eines Kaffeehauses. Sie gingen nicht gemeinsam aus dem Haus. Basima verbrachte ohnehin den ganzen Tag in Pierres Wohnung. Nur am Abend trafen sie sich in einem kleinen Café, damit Basima nicht wie eine Gefangene leben musste. Die Zeitungen berichteten von der Verhaftung einiger Drahtzieher des Terroranschlags in der U-Bahn. Diese Meldungen ließen Basima und Pierre noch unruhiger werden. Pierre spürte seinen Herzschlag bis zum Hals, als er seine Tante anrief. Basima saß dicht neben ihm. Ihre Beine zitterten vor lauter Nervosität. Es schien endlos zu dauern, bis die Tante endlich abhob.

„Qui parle?"

„Bonjour tante Amélie, il est moi, Pierre."

„Pierre? De Vienne?"

Pierre erzählte von seinem verlorenen Job bei der Bank und erwähnte auch kurz, dass sie Schwierigkeiten mit der Polizei hätten und Wien für einige Zeit verlassen wollten.

Tante Amélie fragte nicht nach. Sie reagierte mit überschwänglicher Freude. Sie wären herzlich willkommen. Ihre Wohnung sei ohnehin viel zu groß für sie alleine.

Basima sprang nach dem Gespräch vor Freude in die Luft und tanzte ausgelassen um Pierre herum. Dazu sang sie die ersten Zeilen eines Chansons von Édith Piaf: „Sous le ciel de Paris S'envole une chanson, Elle est née d'aujourd'hui Dans le cœur d'un garçon ..."

Auch Pierre fühlte eine nie gekannte Aufbruchsstimmung in sich. Er hatte sich längst in Basima verliebt und konnte es kaum erwarten, mit ihr in der Stadt der Liebe zu leben.

Vorher mussten sie aber ein großes logistisches Problem lösen. Basima hatte von ihrem Onkel schon vor einigen Monaten den Schlüssel zu einem Bankschließfach erhalten. Das Losungswort dazu lautete „Bagdad". Wie üblich, dachte Pierre. Losungswörter wurden nur selten einfallsreich gewählt. Pierre sollte den Inhalt holen, denn sie nahmen an, dass Basima als Familienmitglied eher überwacht wurde als er.

Da sich auch Pierre nicht sicher war, ob man ihn nicht doch auch observierte, verließ er vor Sonnenaufgang das Haus und ging zunächst durch die Stadt spazieren. Dann fuhr er mit Straßenbahnen und Autobussen kreuz und quer durch die Stadt. Als er sich hundertprozentig sicher fühlte, dass ihm niemand gefolgt war, ging er zur Bank und nahm den Inhalt des Schließfaches an sich, einen dicken und einen dünnen Briefumschlag. Im dicken, gepolsterten Briefumschlag fanden sie hunderttausend Euro in fünfhundert und zweihundert Euro Scheinen gemischt. Das zweite Kuvert enthielt ein Blatt mit zwei Kontaktadressen, an die sich Basima im Notfall wenden sollte. So viel Geld. Damit konnten sie eine neue Existenz in Paris gründen. Aber wie sollten sie das Geld dorthin bringen? Basima war dafür, es einfach nach Paris mitzunehmen. Jeder von ihnen sollte fünfzigtausend Euro bei sich tragen, falls sie aus irgendeinem Grund getrennt werden sollten. Pierre war das zu riskant und schlug vor, einen großen Teil davon, in vielen Briefsendungen aufgeteilt an die Tante zu senden. Ganz normale, relativ leichte und unverdächtig dünne Briefe sollten es sein. Die Tante hatte ihm noch drei weitere Adressen in Paris mitgeteilt, an die er die Briefe ohne Risiko senden konnte. Sie freute sich wie ein Kind, bei einem konspirativen Spiel mitzumachen, und fragte nur beiläufig, ob Pierre von der Polizei gesucht würde.

Die Absender erfand Pierre für jeden Brief neu, und er warf die Briefe in über die Stadt verstreute Briefkästen ein. Er verwendete für die Beschriftung unterschiedliche Kugelschreiber mit schwarzer, blauer und auch grüner Tinte. Basima half ihm beim Schreiben. Trotzdem wechselten sie ihre Handschrift bei fast jedem Brief. In zwei Tagen war alles erledigt, und mehr als neunzigtausend Euro in dreißig Briefen waren nach Paris unterwegs.

Das restliche Geld sollten sie problemlos mitnehmen können.

Fliegen war ausgeschlossen, da sie bei einer Flugbuchung ihren Namen angeben mussten. Außerdem wurden beim Boarding häufig die Pässe verlangt, selbst wenn man innerhalb des Schengen-Raums blieb. Eine Zugfahrt nach München war ihnen auch zu riskant, da Deutschland wegen der Flüchtlingskrise verstärkte Kontrollen durchführte.

Eine Woche nach Abduls Verhaftung fuhren sie mit dem Nachtzug nach Mailand. In Mailand stiegen sie in den TGV nach Paris. Basima hatte ihren Hidschab endgültig abgelegt. Sie trug Jeans und war wie eine europäische Frau gekleidet.

Ohne jeden Zwischenfall kamen Sie in Paris an. Hand in Hand gingen sie Tante Amélie, die am Bahnhof auf sie wartete und ihnen wie vereinbart mit einem blauen Tuch zuwinkte, entgegen.

Der letzte Ausflug

Zunächst einmal zum Anker. Zimtschnecken kaufen. Karl hat eine minutiöse Liste für den heutigen Tag erstellt, den Rucksack sorgfältig gepackt und noch einmal überprüft. Trotzdem ist er nervös. Er hat schon seit Monaten nicht mehr das Heim gemeinsam mit seiner Frau verlassen. Henriettes Zustand hat sich immer mehr verschlechtert. Sie geht nur noch mit dem Rollator, sogar in ihrer kleinen Wohnung im Heim. Es ist von einem Tag auf den anderen gekommen. Anfangs hat er noch versucht, sie zum Gehen ohne Hilfe zu motivieren. Er hat ihr die Hand zur Unterstützung angeboten, aber sie hat keinen Schritt mehr gemacht. Karl glaubt, dass sie sich einfach dafür entschieden hat. Oder sie hat tatsächlich vergessen, dass sie am Vortag noch ohne Rollator gegangen ist. Sie ist zunehmend senil geworden, aber sie hat auch helle Phasen. Müsste sie da nicht auch den Rollator vergessen und einfach wieder gehen können? Den Rollator hat sie vor diesem Tag nur benutzt, wenn sie schon müde gewesen ist, also meist erst am späten Nachmittag. Manchmal hat sie über Schmerzen in den Beinen geklagt. Auch dann hat sie den Rollator genommen. Aber doch nicht ständig.

Das Heim haben Sie heute heimlich verlassen. Nicht ganz, nur der Pflegeschwester sollten sie nicht über den Weg laufen. Sie hat Henriette Ruhe verordnet, wegen der Schwindelanfälle und des zeitweise auftretenden Herzrasens.

„Henriette, bitte warte kurz hier. Ich muss nur zum Anker auf die andere Straßenseite. Bin gleich wieder da."

Henriette nickt und hält sich am Rollator fest.

„Guten Tag, Herr Postrawitsch. Wie üblich?"

Karl ist in der Anker Filiale bekannt. Immer wieder kommt er hierher, um Zimtschnecken oder fallweise auch Topfengolatschen zu kaufen.

„Ja, zwei Zimtschnecken bitte. Und gut einpacken. Wir machen nämlich heute einen Ausflug."

„Wohin soll's denn gehen?"

„In den Park beim Donauturm. Da sind wir früher oft gewesen. Vor allem, als die Kinder noch klein waren."

„Macht zwei Euro."

„Sind die billiger geworden?"

„Sie haben Glück. Alle Mehlspeisen sind heute in Aktion und kosten nur einen Euro. Aber nur heute."

Karl freut sich. Das muss er Henriette erzählen.

Er schaut zu ihr hinüber. Sie steht wie eine Statue da. Hat sie sich überhaupt bewegt, seit er sie um ein wenig Geduld bat und zum Anker hinüber ist?

Sie begrüßt ihn nicht gerade freundlich: „Will nicht mehr stehen. Du bist gemein."

„Aber Henriette. Ich habe doch nur Zimtschnecken beim Anker geholt. Die hast du doch so gerne. Wenn wir im Park bei unserem alten Plätzchen rasten, dann gibt's die Schnecken als zweites Frühstück. Freust du dich nicht?"

„Ich will zurück ins Heim. Bin zu müde."

„Wir haben uns das doch ausgemacht. Zu deinem achtzigsten Geburtstag machen wir einen Ausflug. Und heute hast du Geburtstag."

Henriettes Gesicht hellt sich auf: „Ich habe Geburtstag. Da musst du aber ganz lieb sein zu mir."

„Das bin ich doch immer, mein Schatz."

Karl drückt Henriette einen schmatzenden Kuss auf die Wange.

„Und jetzt zur U-Bahn. Die ist ja direkt vor uns. Und es gibt auch einen Lift."

Die Nähe zur U-Bahn ist mit ein Grund gewesen, dieses Pensionistenheim auszuwählen. Das ist jetzt fünf Jahre her, erinnert sich Karl. Sie haben lange gezögert, die große Wohnung in der Radetzkystraße aufzugeben und in ein Heim zu ziehen. Es ist aber eine fast nicht mehr zu bewältigende Last geworden, die große Wohnung in Schuss zu halten, zu kochen und den Einkauf in den zweiten Stock zu schleppen, ohne Lift. Zum Schluss hat Karl alles alleine machen müssen. Henriette ist meistens vor dem Fernseher gesessen, oft schlafend. Den letzten Anstoß hat ihnen dann ihr Sohn gegeben. Ihm haben sie die Wohnung schon Jahre davor überschrieben gehabt, allerdings mit einem Wohnrecht bis zum Tode. Alfons hat aber immer mehr gedrängt. „Papa", hat er gesagt, „euch geht es doch viel besser, wenn ihr in ein schönes Pensionistenheim zieht. Da wird für euch gekocht und geputzt. In einigen Heimen gibt es sogar kleine Wohnungen für Paare. Schau, wir sind bald zu dritt. Dafür ist meine jetzige Wohnung definitiv zu klein."

Henriette war sofort dafür. Der Alfons war immer ihr Schatzi. Karl hat schließlich nachgegeben. Auch wenn es schmerzte, vom dritten Bezirk nach „Transdanubien" zu ziehen. So hat Karl die Bezirke auf der anderen Seite der Donau immer bezeichnet. Zugegeben, das Pensionistenheim ist komfortabel und das Personal ist ausgesprochen freundlich, wenn man von den wenigen Mieselsüchtigen absieht. Es gibt auch einen Innenhof und einen Garten. Die Umgebung ist aber grottenhässlich, findet Karl. Hochhäuser aus den siebziger und achtziger Jahren. Teilweise grau und abgewohnt, die jüngeren Bauten bunt, als könnten sie so Fröhlichkeit ausstrahlen.

Die U-Bahn-Station verfügt über keine Rolltreppe. Der Lift ist daher stark frequentiert und wird auch von Kindern und Jugendlichen benutzt. Die drängen sich rücksichtslos vor und schlüpfen an Karl und Henriette vorbei in den Aufzug.

„Halt mal. Macht doch für zwei alte Leute Platz."

Karl schiebt seine Frau in den Lift. Die junge Horde muss zusammenrücken.

„Kannst nicht warten, Alter. Hast eh Zeit genug."

„Der Lift ist nicht für euch. In eurem Alter bin ich Stiegen auf und ab gelaufen."

„Da hat's ja noch gar keine Aufzüge gegeben." Das Gelächter macht Henriette Angst. Sie verzieht ihr Gesicht, als wolle sie gleich zu weinen beginnen.

Unten angekommen drängen die Jungen wieder am Rollator vorbei. Henriette bleibt stehen, sodass Karl sie aus dem Lift ziehen muss.

Karl ist erleichtert, dass in der U-Bahn viel Platz ist. Er geleitet seine Frau zu einer Kombination aus zwei und einem gegenüberliegenden Sitz. Das ist ideal für sie. Den Rollator kann er neben dem Einzelsitz postieren, ohne dadurch vorbeigehende Passagiere zu behindern. Er selbst setzt sich gegenüber und stellt seinen schweren Rucksack auf den Sitz neben sich ab.

„So jetzt geht's zu unserem Park."

„Das ist die falsche U-Bahn."

„Warum?"

„In unserer U-Bahn sind gepolsterte, graue Sitze."

„Ach so. Du sprichst von den alten Garnituren. Auf der U1 fahren aber auch Neue."

„Ich bin immer nur auf einem gepolsterten Sitz gesessen."

„Aber nein, Henriette. Vielleicht hast Du's vergessen."

Auch Karl mag die neuen U-Bahn-Züge nicht besonders. Die Plastiksitze sind rot und hart. Die Haltestangen sorgen mit ihrem sattem Gelb für eine knallige Buntheit, die eher zu einem Kinderspielplatz passen würde. Aber was soll's. Sie brauchen ja nicht einmal zehn Minuten bis zur Station „Alte Donau".

Die Strecke wechselt mehrmals von unterirdisch zu einem oberirdischen Teil, der auf Betonstelzen geführt wird. Karl schaut zum Fenster hinaus. Beim Überqueren der Alten Donau erwachen in ihm Erinnerungen an Segelbootausflüge mit seinem Sohn. Später hat Alfons genau hier den Segelschein gemacht. Er ist dann nur noch mit seinen Freunden zum Segeln gegangen.

„Wir sind gleich da, Henriette."

Er hilft ihr auf und stellt den Rollator vor sie.

„Jetzt müssen wir nur mehr eine Station mit dem Bus fahren."

Der Bus lässt lange auf sich warten. Karl wäre die kurze Strecke auch zu Fuß gegangen, aber er befürchtet, dass Henriette dann schon am Eingang des Parks zu müde sein wird und sich weigert, auch nur einen Schritt weiterzugehen.

Früher, als sie noch in der Radetzkystraße gewohnt haben, sind sie mit dem Auto zum Park oder auch zur alten Donau gefahren. Karl sehnt sich nach dem hellbraunen Volvo, in dem er sich so sicher wie in einem Panzer gefühlt hat.

„Schau, der Donauturm." Henriette ist plötzlich stehen geblieben und zeigt mit zittriger Hand auf den Turm, der sich aus der grünen Parklandschaft erhebt.

„Ja, Henriette. Wie oft sind wir mit den Kindern im Restaurant ganz oben gesessen. Du weißt schon, das dreht sich um die eigene Achse."

„Ja, wie ein Ringelspiel."

„Ein Langsames halt."

Kaum sind sie im Park, nimmt Henriette Tempo auf. Sie erinnert sich an unseren alten Platz, denkt Karl. Zielstrebig schiebt sie den Rollator in Richtung des großen, von hohem Schilf umgebenen Teichs. Am anderen Ende des Teichs lichtet sich das Schilf. Ein paar Meter auf die gegenüberliegende Seite noch, dann sind sie bei ihrem Platz.

Henriette zeigt auf den, nicht mehr als einen Meter aus dem Teich sprudelnden Wasserstrahl: „Spingblumen".

Karl lacht: „Ja genau. So hat Erika dazu gesagt, kurz nachdem sie zu Reden begonnen hat."

„Spingblumen", wiederholt Henriette.

Und gleich darauf: „Wo ist Erika?"

„Aber, das weißt du doch. Sie ist in Hamburg verheiratet."

„Warum ist sie nicht da? Ich habe ja heute Geburtstag."

„Es ist zu weit, Henriette. Sie wird heute sicher noch
anrufen. Sie muss während des Tages arbeiten."

„Und wo ist Alfons, mein kleiner Liebling?"

„Der muss auch arbeiten. Aber vielleicht kommt er
am Abend vorbei, um dir zu gratulieren."

Karl glaubt aber nicht, dass er kommen wird. Alfons
Frau achtet sehr auf ihren Freiraum und hängt Alfons
am Abend die Kinder um. Warum lässt er sich das
gefallen? Wenn Karl versucht hat, mit Alfons darüber
zu reden, ist dieser unwirsch geworden: „Das geht
dich nichts an. Die alten Zeiten sind vorbei. Hast
schon mal von Emanzipation gehört?"

Ja, die Emanzipation. Wie einfach und klar es mit
Henriette gewesen ist. Wenn sie Zeit hatte oder die
Kinder geschlafen haben, ist sie hinunter in das
kleine Lebensmittelgeschäft gekommen, um ihm zur
Hand zu gehen. Es ist schon praktisch gewesen, dass
die Wohnung nur zwei Stockwerke darüber lag.
Viele Jahre haben sie auf das erste Kind warten müssen und schon jede Hoffnung verloren gehabt. Sie haben sogar über eine Adoption nachgedacht. Erst mit
vierzig Jahren ist Henriette schwanger geworden.
Was ist das für eine Freude und Aufregung gewesen.

Karl holt eine dunkelblaue Decke aus dem Rucksack

und hilft Henriette, sich darauf niederzulassen. Hoffentlich bringe ich sie wieder hoch, kommt ihm in den Sinn.

„Schau Henriette, ich habe auch ein Fläschchen Sekt mit und zwei Gläser. Jetzt stoßen wir auf deinen Geburtstag an und essen die Zimtschnecken dazu."

Henriette nickt und lächelt ihn an.

„Das ist schön, wenn du lachst. Alles Gute zum Achtzigsten, mein lieber Schatz."

Henriette sagt „Prosit" und leert das Glas in einem Zug.

„Nicht so schnell. Du wirst sonst noch betrunken."

„Mehr", sagt Henriette und hält ihm das Glas mit ausgestrecktem Arm hin.

„Na gut. Heute ist ja ein besonderer Tag. Aber lass dir jetzt bitte Zeit."

Er gibt ihr die Zimtschnecke und sieht ihr dabei zu, wie sie diese hastig hinunterschlingt. Sie reißt mit dem Mund große Stücke ab und lässt diese mit ausladenden Kaubewegungen verschwinden. Die Decke und ihr Kleid sind schnell voller Brösel und ihr Mund ist rundum verschmiert.

Karl nimmt ein Taschentuch, spuckt darauf und säubert ihr Gesicht. Die Brösel sammelt er auf, so gut es geht. Er steht auf und geht zum Teich.

„Schau nur. Gleich werden die Enten kommen."

Er wirft kleine Stücke in den Teich und schon eilen zwei Enten und ein Haubentaucher heran.

Henriette ist begeistert: „Ich will auch."

„Schau einfach zu, mein Schatz. Sonst musst du ja wieder aufstehen."

Er wirft schnell die restlichen Brösel ins Wasser und geht zu ihr zurück. Henriette hat auch das zweite Glas ausgetrunken. Sie rülpst und laute Furze entweichen ihren Gedärmen. Karl ist das schon gewöhnt. Vor gut einem Jahr ist Henriette völlig ungeniert geworden.

„Magst du dich nicht ein wenig ausruhen?"

„Ja, aber ich habe Bauchweh."

„Musst du groß?"

Henriette braucht nicht zu antworten. Trotz Windel dringt der Geruch von frischem Stuhl in Karls Nase.

Gut, dass ich eine frische Windel und Reinigungstücher mitgenommen habe, denkt Karl. Bevor er sie wickelt, will er aber noch ein wenig warten. Er hat die Erfahrung gemacht, dass Henriette die frische Windel häufig gleich wieder einkotet.

Henriette ist auch schon eingeschlafen. Ihr leises Röcheln und Schnarchen beweist das. Karl seufzt vor Erleichterung. Er steht auf und geht auf die gegenüberliegende Seite des Teichs. Es finden sich immer wieder Lücken im drei Meter hohen Schilf, die den Blick auf seine schlafende Frau freigeben. Im Moment ist seine größte Sorge, dass sie zu viel Sonne abbekommen könnte. Die steht in der Zwischenzeit recht hoch, und keine Wolke ist am Himmel zu sehen. Wir müssen bald den Platz wechseln, denkt er. Aber jetzt braucht er ein wenig Zeit für sich. Er beobachtet aufmerksam das Wasser. Es ist trüb. Trotzdem sind einige Fische zu sehen. Haubentaucher schlüpfen ins Schilf zurück und sogar eine Mandarinente zeigt sich. Karl atmet tief ein und aus. Wie schön die Welt doch sein kann. Er muss an Erika denken, die in einem unbeobachteten Moment ins Wasser gefallen ist, mit drei Jahren. Karl kann sich gut an die Vorwürfe von Henriette erinnern. Er hätte doch schauen müssen. Sie hatte doch genau in diesem Moment mit Alfons Verstecken gespielt. Aber es ist ja nichts passiert. Er hatte das Planschgeräusch gehört, noch bevor Erika schreien konnte. Lachend hat er sie mit einer Hand aus dem Wasser gefischt. Nass ist sie gewesen, mehr nicht.

Er schaut wieder zu Henriette hinüber, sieht aber nur die leere Decke und den Rollator daneben.

„Henriette!", ruft er. Sie kann doch nicht verschwunden sein und schon gar nicht ohne Rollator. Wie ist sie aufgestanden, ohne Hilfe? Karl läuft zurück und stolpert über eine Wurzel. Er kann sich aber mit den Händen abfangen. Etwas langsamer werdend ist er schließlich bei der Decke. Er blickt sich um. Henriette ist nicht zu sehen.

„Wie ist das möglich?", spricht Karl laut zu sich.

Er ruft noch einige Male nach ihr. Keine Antwort, kein Lebenszeichen. Nur einige weit entfernte Spaziergänger blicken ohne stehenzubleiben zu ihm. Sie fragen sich wohl, warum er in der schönen Parklandschaft herumschreit. Sein Herz rast und sein Kopf dröhnt. „Nur nicht panisch werden. Ruhig bleiben, Karl", sagt er zu sich. Er betrachtet seine schmutzigen Hände und nimmt ein Feuchttuch aus dem Rucksack. „Mit sauberen Händen denkt es sich leichter." Und im nächsten Augenblick: „So ein Blödsinn. Ich muss sofort zu suchen beginnen."

Karl dreht sich langsam einmal im Kreis. Wohin kann Henriette gegangen sein? Sicher nicht in die Richtung des Weges, auf dem immer wieder Spaziergänger zu sehen sind. Es gibt keine Nischen oder Bäume bis zum Weg, also keine Möglichkeit, sich zu verstecken. Bis zum Weg kann es Henriette nicht geschafft haben. Ganz sicher ist er sich aber nicht, denn alleine die Tatsache, dass sie ohne Hilfe aufgestanden und ohne Rollator aus seinem Blickfeld verschwunden ist, kann er nicht begreifen.

Karl wendet sich in die andere Richtung. Er geht langsam über die Wiese, auf der einige Büsche stehen und, etwas weiter entfernt, einzelne Bäume zu sehen sind. Er ruft wieder nach seiner Frau. Es ist aber nichts von ihr zu hören. Nur das Vogelgezwitscher macht eine kurze Pause, um gleich darauf so lebhaft wie zuvor zu ertönen. Sie kann doch nicht entführt worden sein, sie ist ja nicht einmal gewickelt. Karl schüttelt den Kopf. „Träume ich nur?"

Für einen Moment stellt er sich sein zukünftiges Leben ohne Henriette vor. Er würde im Heim in ein Einzelzimmer umziehen und viele Ausflüge machen. Auch eine Reise nach Hamburg wäre dann möglich. Er hat Erika schon seit 3 Jahren nicht mehr gesehen.

Karl blickt hinter einige Sträucher. Sie sind aber ohnehin zu wenig ausladend, um Henriette vollständig zu verbergen. Er dreht sich noch einmal im Kreis. Wohin kann sie nur gegangen sein? Karl wendet sich nach rechts, zu einem dichter bewachsenen Teil des Parks. Er hat sicher schon mehr als hundert Meter zurückgelegt. Das ist viel zu weit für Henriette! Ist sie vielleicht ins Wasser gefallen? Da hat er gar nicht mehr hingeschaut. Sie könnte auch hineingerollt sein, denn die Wiese fällt zum Ufer hin etwas ab. Kurz überlegt er, wieder zum Teich zurück zu gehen. Die Stimmen, die plötzlich von der dichten Baumgruppe zu hören sind, machen ihm aber Hoffnung, dort auch Henriette zu finden. Beim Näherkommen hört er Satzfetzen wie „die Rettung rufen" und „wie heißen sie denn?". Beim Betreten der kleinen Lichtung entdeckt er Henriette auf einer Bank, mehr liegend als sitzend. Zu beiden Seiten reden jeweils zwei, auch schon ältere Personen, auf sie ein. Sie halten einen guten Meter Abstand, vermutlich ist der Geruch schon unerträglich.

„Ich bin schon da. Ich bin schon da", bringt Karl keuchend hervor. Er spürt sein durchgeschwitztes Hemd auf seiner Haut kleben und den perlenden Schweiß auf seiner Stirn.

„Das ist doch unverantwortlich.", schreit ihm eine grauhaarige Dame entgegen. Wie zur Verstärkung fuchtelt sie mit dem Stock in Karls Richtung.

„Wie können sie diese verwirrte Person nur alleine lassen?"

„Schon gut, schon gut. Ich habe sie einen Augenblick aus den Augen verloren."

„Sie hat sich auch in die Hose gemacht. Und zwar groß. Das stinkt entsetzlich. Eine Zumutung ist das."

„Ich kümmere mich um sie. Danke für ihre Hilfe", versucht Karl freundlich zu bleiben. Die sollen endlich gehen. Nur Stänkern und Meckern. Mehr ist von denen nicht zu erwarten.

Die Gruppe, drei Frauen und ein Mann, zieht sich aber nur ein, zwei Meter weiter zurück.

„Danke für die Hilfe. Ich brauche sie jetzt nicht mehr."

„Und, was machen sie jetzt mit ihr? Wir sollten doch die Rettung rufen", mischt sich nun der wie ein alter Gockel gekleidete Mann ein.

Karl versucht ihn zu ignorieren und beugt sich zu seiner Frau hinab.

„Henriette, du machst ja Sachen. Wie bist du hierher gekommen?"

„Ich habe Durst und der Hintern brennt so."

„Machen wir gleich, mein Schatz. Ich muss nur die

Sachen vom Teich holen."

Er wendet sich an die Frau, die noch am freundlichsten aussieht: „Können Sie bitte noch eine Minute hier warten. Ich muss nur den Rucksack und den Rollator von unserm Platz holen."

„Aber nur eine Minute. Keine Sekunde länger. Wie kommen wir dazu, uns diesem Gestank noch länger auszusetzen." So ein Unsympathler, denkt Karl. Aber er bedankt sich gleich beim Gockel, der in einer grünen Cordhose steckt und eine blitzblaue Jacke dazu trägt. Der will doch nur jünger aussehen, als er ist.

„Bin gleich wieder da." Karl geht mit schnellen Schritten zurück. Er wählt die Direttissima zu ihrem Platz beim Teich, packt schnell die Decke und die herumliegenden Gläser in den Rucksack. Den Rollator vor sich herschiebend eilt er wieder zur Bank, vor der der Mann mit verschränkten Armen wartet.

„Danke fürs Warten", ruft er ihm entgegen.

„Das nächste Mal passen's besser auf sie auf."

Die Vier drehen sich um und gehen in die andere Richtung davon. Der alte Gockel schüttelt den Kopf und spricht gestikulierend auf die drei Damen ein. Gott sei Dank ist der weg. Was fällt dem eigentlich ein, sich so aufzuspielen? Karl spürt seine Wut. Wer weiß, was geschehen wäre, wenn der alte Depp noch weitergeredet hätte.

Karl packt eine der beiden Wasserflaschen aus dem Rucksack. Er richtet seine Frau auf und gibt ihr zu trinken.

„Langsam, mein Schatz. Es rinnt ja alles daneben."

Henriette setzt die Flasche ab.

„Wo bist du gewesen. Ich hab' solchen Durst gehabt."

„Jetzt bin ich ja da."

„Ich hab' dich gesucht. Es war sehr anstrengend. Ich kann jetzt keinen Schritt mehr gehen."

„Wir bleiben hier und ruhen uns aus. Hier gibt es auch genug Schatten. Was hältst du davon?"

„Ja, aber geh bitte nicht mehr weg."

Karl breitet die Decke neben der Bank aus. Er legt ein Handtuch darüber und hilft Henriette, sich darauf zu legen. Die mitgenommene Windel und die Feuchttücher legt er an den rechten Rand der Decke, um sie dann schnell zur Hand zu haben. Vorsichtig zieht er seiner Frau die Strumpfhose und die Unterhose bis zu den Knien hinunter. Das Kleid hat er schon davor nach oben gerafft. Es ist schlimmer, als er befürchtet hat. Der Kot ist bereits aus der Windel gequollen und hat die Unterhose verschmiert. Die Strumpfhose ist feucht, hat aber nur kleine, braune Flecken davongetragen.

Karl spürt einen leichten Brechreiz aufsteigen und dreht das Gesicht weg, um sich nicht direkt dem in die Nase steigenden Fäkalgeruch auszusetzen. Als er aber die Windel öffnet, muss er sich weiter zu Henriettes Unterleib beugen und genau hinsehen, da er seine Hände möglichst nicht schmutzig machen will. Es ist eine riesige Menge an Kot. Karl ist ratlos, wie er die Windel entfernen und zusammenpacken soll, ohne sich selbst und die Kleidung von Henriette zu beschmutzen.

„Bitte heb deinen Hintern vorsichtig an, mein Schatz."

„Geht nicht", sagt sie.

„Du musst dich bemühen. Ich bring' sonst die Windel nicht hervor."

Henriette stöhnt und presst ihre Muskeln zusammen. Mit Hilfe von Karls stützender Hand gelingt es schließlich, die schmutzige Windel zu entfernen. Es ekelt Karl, seine Finger zeigen deutliche Spuren der Exkremente. Er reinigt die Finger notdürftig und versucht dann, Henriette von den Kotresten zu säubern.

„Ich muss dir die Schuhe und die Strumpfhose ausziehen. Sonst kann ich die schmutzige Unterhose nicht entfernen."

„Nein", protestiert Henriette. „Dann bin ich ja ganz nackt."

„Nur kurz, mein Schatz. Es ist niemand da. Wenn du mithilfst, geht das ganz schnell."

Karls Schweiß tropft auf Henriette und die Decke. Das Anlegen der neuen Windel wird zu einer weiteren Tortur. Er zieht die Strumpfhose darüber und schüttet etwas Wasser auf seine Hände, denn er hat alle Feuchttücher verbraucht.

„Ich habe Durst. Vergeude das Wasser nicht."

Karl schluckt hinunter. Jetzt würde er gerne wegrennen.

„Wir haben noch eine Flasche, mein Schatz."

Er selbst hat auch großen Durst. Beim Gasthaus Schober, in das er Henriette zum Geburtstagsessen einladen will, wird er sich ein großes Bier genehmigen.

Er zieht sein Hemd aus und hängt es zum Trocknen über die Bank. Mit einem zweiten Handtuch rubbelt er seinen Oberkörper trocken. Henriette ist wieder eingeschlafen. Karl empfindet ihr Röcheln und Schnarchen als beruhigendes Geräusch.

„Ich bin fix und fertig", sagt er halblaut zu sich. Er riecht an seinen Händen. Die stinken noch immer, glaubt er.

Er pflückt Blätter von den umliegenden Sträuchern und reibt seine Hände darin. Das restliche Wasser will er für seine Frau aufheben. Der Geruch nach Kot ist aber immer noch da. „Vielleicht bilde ich es mir nur ein", versucht er sich selbst zu beruhigen.

Es ist eine Stunde des Friedens, die Karl erlebt. Henriettes Geräusche hat er ausgeblendet, er lauscht den zwitschernden Vögeln und beobachtet sie beim Fliegen oder beim Trällern in den Bäumen.

Henriette hebt ihren Kopf: „Ich habe Durst, Karl."

„Ja, ja. Da kommt schon die rettende Flasche."

Wie bei einem Kind verwendet er die Flasche als Flugzeug, das kurz vor Henriettes Mund landet.

„Jetzt gehen wir ins Gasthaus Schober, mein Schatz. Dort gibt's ein Geburtstagsessen für dich."

„Ich kann nicht mehr gehen. Mir tut alles weh."

„Es ist nicht weit. Wir müssen nur zum anderen Eingang. Gleich daneben ist der Schober. Erinnerst du dich?"

Karl ist erneut schweißüberströmt, als sie endlich beim Gasthaus ankommen. Im Garten sind nur Plätze in der Sonne frei. Also versucht Karl seine Frau in den Gastraum zu schieben. Die zwei Stufen hinauf schafft er nicht mehr. Zum Glück kommt der junge Schober hinzu und nimmt Henriette unter dem Arm.

„Das freut mich aber, dass ihr wieder einmal vorbeischaut."

Karl kennt den jungen Schober, als er noch in Windeln durch das Gasthaus gekrabbelt ist. Seine Mutter hat ihn dann eingefangen und mit ihm geschimpft, weil er sich schon wieder dreckig gemacht hat. Früher sind sie Stammgäste gewesen. Alfons hat immer ein Wiener Schnitzel gegessen und danach ein großes gemischtes Eis. Beim Warten auf das Essen hat er gejammert und mit dem Besteck auf den Tisch geklopft. Henriette hat ihm dann auf den Schoß genommen und gehoppelt, sogar noch mit zehn Jahren. Erika hat schon als Kind wenig Appetit gehabt. Sie hat lustlos in den Nudeln mit Sugo herumgestochert und darauf bestanden, nur mit der Gabel zu essen und den Löffel, mit dem es wesentlich einfacher gewesen wäre, verächtlich weggeschoben. Sie ist immer noch dürr, denkt Karl. Auch er ist schlank geblieben, bis auf ein kleines Bäuchlein, das sich unter dem Hemd ein wenig abhebt. Henriette hat sich dagegen in den letzten Jahren durch gieriges und maßloses Essen zu einer dicken und unförmigen Gestalt entwickelt.

„Meine Frau hat heute Geburtstag", sagt er feierlich zum jungen Schober.

„Gratuliere. Wie alt werden Sie denn?", spricht der zu Henriette gewandt.

„Achtzig Jahre." Henriette unterstreicht das noch mit acht ausgestreckten Fingern.

„Das ist ja ein Runder. Ein Jubiläum."

„Ja, deshalb sind wir hier. Meine Frau freut sich schon auf das Geburtstagsessen.

Henriette nickt heftig dazu: „Ich hab' so großen Hunger." Dabei breitet sie ihre Arme weit aus.

„Ich bring' gleich die Speisekarte. Oder wisst ihr schon, was ihr wollt?"

„Backhendl mit Bratkartoffeln und Krautsalat", schießt es aus Henriette heraus.

Karl legt seine Hand auf die ihre. Er glaubt, sie beruhigen zu müssen.

„Für mich einen Schweinsbraten mit Knödel, bitte. Und zum Trinken ein großes Bier."

„Wird gemacht. Und was will Ihre Frau trinken?"

„Bringen Sie ihr bitte ein Achterl vom Blauen Portugieser. Das ist immer ihr Lieblingswein bei Ihnen gewesen."

Der junge Schober balanciert ein Tablett mit Sektgläsern darauf zu ihrem Tisch.

„Zum Geburtstag aufs Haus", sagt er. Er hat ein drittes Glas dabei, mit dem auch er auf den Runden anstoßen will.

Karl zögert. Das wird zu viel für Henriette. Jetzt der Sekt und dann noch der Portugieser. Der junge Schober hat das Glas aber schon erhoben und stimmt ein „Happy Birthday" an. Karl brummt mit und achtet darauf, dass Henriette den Sekt nicht „ex" trinkt. Er versucht ihr, das Glas aus der Hand zu nehmen. Die Hälfte hat sie schon hinuntergespült.

„Lass mich. Das ist mein Glas."

Sie schaut Karl trotzig an und hält das Glas mit beiden Händen fest. Der junge Schober reagiert gelassen: „Lassen Sie sich ein wenig Zeit und genießen Sie. So jung komm' ma nimmer z'sam."

Er drückt Henriette einen Kuss auf die Stirn und zwinkert Karl zu. Beim Bier muss sich Karl selbst zurückhalten, es nicht in einem oder zwei Zügen zu leeren. Das Rülpsen von Henriette vertreibt aber seine Gier schnell wieder.

„Wir sind da nicht alleine, mein Schatz. Geht's nicht etwas leiser? Was soll sich der Wirt denken?"

„Ich kann nix dagegen machen. Der Sekt stößt so auf."

Sie nimmt einen Schluck vom Rotwein.

„Heb dir den Wein für das Essen auf, mein Schatz. Es wird ein wenig dauern. Das Backhendl wird ja frisch gemacht."

„Ich hab' aber so großen Hunger."

„Willst vielleicht eine Suppe davor?"

Henriette nickt und streicht sich mit der Hand über den Bauch.

Nach dem Hauptgang, den Henriette schnell und gierig wie immer hinuntergeschlungen hat, natürlich nicht, ohne Spuren zu hinterlassen, bietet der junge Schober noch eine Sachertorte und Kaffee an.

„Ich glaube, wir können nicht mehr." Karl schaut dabei Henriette mit strengem Gesicht an.

„Ich kann schon noch. Aber mit Schlag. Und noch einen Rotwein."

„Den Wein lassen wir lieber weg. Schau, trink vom Wasser, das am Tisch steht."

Karl wundert sich, dass seine Frau sich ohne Widerrede fügt. Vielleicht ist es die Aussicht auf die Sachertorte, die sie zufrieden macht.

Henriette schafft die Sachertorte dann doch nicht. Sie isst die Hälfte und schiebt den Teller weg: „Mir ist so schlecht. Und ich hab' Bauchweh."

Wie zum Beweis lässt sie einen stinkenden Furz.

„Musst du aufs WC? Hier können wir gehen. Sonst musst noch ein wenig warten, bis wir wieder im Heim sind."

„Ist schon passiert". Sie schaut Karl betrübt an. „Ich kann nichts dafür."

Oh Gott, denkt Karl. Man riecht es sogar schon.

„Zahlen, bitte", ruft er dem jungen Schober zu.

Der kommt lächelnd an den Tisch. Als er den Gestank in die Nase bekommt, gefriert ihm dieses aber, und er geht einen Schritt zurück. „Das geht heute alles aufs Haus. Zum runden Geburtstag."

„Ich kann das nicht annehmen, Herr Schober." Karl hat die Brieftasche schon gezückt.

„Sie können ruhig Franz zu mir sagen. Schließlich haben Sie mich ja schon gekannt, als ich noch Windeln getragen habe."

„Leider kommt das im Alter wieder." Karl deutet mit dem Kopf zu seiner Frau.

„Mir tut das so leid für Sie. Soll ich ein Taxi rufen?

Geht natürlich auch aufs Haus."

Karl verneint, aber Henriette ruft schon: „Taxi, Taxi. Ja mit dem Taxi. Mir ist so schlecht."

Sie warten vor dem Gasthaus. Der junge Schober steht bei ihnen. Karl kommen die Tränen, weil er sich vom jungen Schober beschämt fühlt.

„Danke für alles. Das vergesse ich dir nie, Franz."

In diesem Moment hält das Taxi direkt vor ihnen. Der Fahrer steigt aus und will dabei helfen, Henriette in den Wagen zu bugsieren und den Rollator im Kofferraum zu verstauen.

„Das geht net. Die hat sich ja ang'schissen."

„Jetzt sind's doch nicht so. Das sind alte Leute. Und die Frau muss dringend ins Heim zurück." Der junge Schober drückt dem Taxifahrer fünfzig Euro in die Hand.

„Da ist noch ein kräftiges Trinkgeld für Sie dabei."

Der Taxifahrer nimmt das Geld nicht an.

„Ich muss dann Hochzeitsgäste abholen. Was glauben's werden die sagen, wenn mein Wagen wie ein Häusl stinkt."

Er steigt ein und fährt davon.

„So ein Arschloch", entfährt es dem jungen Schober.

„Rufen wir halt ein anderes."

„Danke. Wir fahren lieber mit dem Bus. Die Station

ist eh gleich da drüben."

Karl schiebt seine widerwillig schlurfende Frau zur Busstation. Wie weit fünfzig Meter sein können. Zum Glück kommt der Bus bereits nach einer Minute. Sie steigen hinten ein. Die wenigen Fahrgäste dort flüchten nach vorne, ihr Geschimpfe ist gut zu hören. Karl ist schon alles egal. Er muss Henriette zurück ins Heim bringen. Alles andere zählt nicht mehr.

Beim Lift zur U-Bahn gibt es die nächsten Proteste. Die Wartenden lassen aber Karl und Henriette alleine nach oben fahren. Diesem Gestank wollen sie sich nicht aussetzen.

Henriette jammert über Übelkeit. Sie müsse gleich erbrechen, stöhnt sie.

„Wir sind bald zu Hause. Nur noch zehn Minuten."

Er hält mit einer Hand den Rollator und schiebt Henriette mit seinem Körper zu einer Stelle, wo nur wenige Leute warten.

Endlich, die U-Bahn fährt ein. Die meisten Wartenden drängen sich vor und Karl hat große Mühe, seine Frau rechtzeitig in die U-Bahn zu schieben. Er wird hektisch, als das „Steigen Sie nicht mehr ein" und das dazugehörige Signal zu hören sind. Vielleicht drückt er etwas zu stark. Henriette stürzt nach vorne, der Rollator rutscht Karl aus der Hand und schießt ins Wageninnere. Henriette landet mit einem lauten

Plumps-Geräusch auf dem Bauch. Der Zug fährt ab.

„Ist was passiert, mein Schatz. Komm, ich helfe dir beim Aufstehen."

Henriettes Gesicht ist weiß, alles Blut scheint daraus gewichen zu sein. Sie röchelt und Erbrochenes rinnt aus ihrem Mund. Karl versucht sie zur Seite zu drehen. Er kann sich noch erinnern, wie eine stabile Seitenlage geht. Ihm fehlen aber die Kräfte dafür, seine voluminöse Frau zu drehen. Er müsste sie dazu auch verschieben, da die zentrale Haltestange beim Einstiegsbereich im Weg ist.

„Helfen Sie mir doch bitte!"

Niemand reagiert, die in der Nähe stehenden oder sitzenden Menschen schauen weg. Sie halten in der nächsten Station. Die Fahrgäste vermeiden es, in die Nähe von Henriette zu kommen und steigen bei der anderen Tür des Waggons aus.

„Bitte um Hilfe!" Karl schreit nun, so laut er kann.

Ein junger Mann kommt auf ihn zu. Karl sieht ihn flehend an und sagt: „Wir müssen sie in eine stabile Seitenlage bringen."

Sie schieben gemeinsam Henriette von der Haltestange weg und drehen sie dann zur Seite. Der junge Mann bringt Arme und Beine von Henriette in die richtige Position.

„Ich bin Arzt, hab aber nichts dabei. Wir müssen in der nächsten Station den Notarzt rufen." Er öffnet den Mund von Henriette und ein großer Schwall Erbrochenes landet auf seiner Hose und den Schuhen.

„Das tut mir leid. Ich bezahle natürlich die Putzerei."

„Ist schon gut. Länger hatte man nicht mehr warten dürfen, sonst wäre ihre Frau erstickt."

Man hört Henriette jetzt röchelnd atmen. Der Arzt misst ihren Puls.

Sie fahren in die Station „Kagran" ein. Der Arzt zieht die Notbremse und betätigt die Sprechverbindung. Schon davor hat er mit seinem Handy die Rettung gerufen.

Es dauert eine kleine Ewigkeit, bis die zwei rot gekleideten Rettungskräfte und der Notarzt kommen. Die meisten Fahrgäste sind ausgestiegen und haben eine Traube um die offene U-Bahn-Tür gebildet. Nur wenige machen ihrem Ärger Luft, wegen des erzwungenen Stopps zu spät zu kommen. Karl hat sich auf den Boden gesetzt und zittert am ganzen Körper. Tränen rinnen ihm herunter. Das Schluchzen unterdrückt er, so gut es geht.

Dann geht alles ganz schnell. Der Notarzt setzt Henriette eine Injektion. Zur Beruhigung, sagt er. Die beiden Rettungsmänner brauchen ihre ganze Kraft, um Henriette auf die fahrbare Bahre zu hieven.

„Sollen wir einen Rollstuhl für Sie holen", fragt einer von ihnen Karl.

„Geht schon wieder." Karl hat sich erhoben, putzt seine Hose ab und geht neben seiner Frau her.

„Ihr Rucksack", ruft der Arzt von hinten. Karl dreht sich um. Ja, der Rucksack. Denn hätte er jetzt glatt vergessen.

Der Arzt ist schon bei ihm und hängt Karl den Rucksack um.

„Kann ich bitte ihren Namen haben, Herr Doktor. Ich möchte mich bei Ihnen bedanken und die Reinigung bezahlen."

Der Arzt winkt ab: „Das ist ja meine Pflicht. Leider gibt es immer weniger hilfsbereite Menschen."

Er drückt Karl beide Hände: „Alles Gute für Ihre Frau und Sie. Beim nächsten Ausflug bitte etwas vorsichtiger sein."

Karl nickt. Schon wieder kommen ihm die Tränen: „Das war wohl der letzte Ausflug, Herr Doktor."

Noch als Schüler gab ich ein Hörspiel mit dem dramatischen Titel „Die Bombe" beim ORF ab. Es wurde nicht angenommen. Damit war Mart Schreiber für mich ein Versager. Schließlich hatte er mir dieses Hörspiel in die Schreibmaschine diktiert.

Später lag mir Mart nur mehr selten mit seinen Einfällen und Stories in den Ohren. Die Grundidee für drei der hier abgedruckten Geschichten hatte er schon vor zwanzig Jahren. Zu mehr, als den Anfang zu schreiben, konnte er mich aber nicht überreden.

Doch seit einigen Monaten hat er endgültig Besitz von mir ergriffen und mich genötigt, diese vier Erzählungen zu Papier zu bringen. Manchmal denke ich, dass Mart und ich die selbe Person sind.

Zeitfracht Medien GmbH
Ferdinand-Jühlke-Straße 7
99095 Erfurt, Deutschland
produktsicherheit@kolibri360.de